BESTSELLERWORLDBOOK 52

다락이 있는 집

안똔 체호프 지음 | 류필하 옮김

소담출판사

류필하

고려대학교 노어노문학과를 졸업한 후 모스크바 뿌쉬낀 대학에서 문학 석사학위를 받았고, 현재 뻬쩨르부르그 국립대학에서 박사과정을 수학중이다. 저서로는 『러시아 생활 가이드(안정범과 공저, 동아일보사)』가 있고, 역서로는 『얼마나 행복한가(러시아 10대시인 시모음, 소담)』『사랑의 문법(부닌 단편집, 소담)』『메아리(유리 나기빈, 소담)』『도난당한 꿈(마리니나, 중앙 M&B)』『일곱 번째 희생자(마리니나, 문학세계사)』, 『코(고골)』등이 있다.

BESTSELLERWORLDBOOK 52

다락이 있는 집

펴낸날 │ 1996년 12월 12일 초판 1쇄
         2002년 12월 5일 초판 9쇄
지은이 │ 안똔 체호프
옮긴이 │ 류필하
펴낸이 │ 이태권
펴낸곳 │ 소담출판사
         서울시 성북구 성북동 178-2 (우)136-020
         전화 │ 745-8566~7 팩스 │ 747-3238
         e-mail │ sodam@dreamsodam.co.kr
         등록번호 │ 제2-42호(1979년 11월 14일)

ISBN 89-7381-206-8 00890

● 책 가격은 뒤표지에 있습니다

BESTSELLERWORLDBOOK 52

Дом с мезонином

Антон Чехов

훌륭한 가정 교육이란
식탁보에 소스를 흘리지 않는 데 있는 게 아니라,
누군가 다른 사람이 실수로 소스를 엎지르더라도
모르는 체하는 데 있지요.

Дом с мезонином

변덕쟁이 9 page
소년 반까 56 page
아리아드나 64 page
아버지 112 page
누렁이 127 page
다락이 있는 집 163 page
개를 데리고 다니는 여인 197 page

역자후기 228 page
작가연보 232 page

일러두기

1. 본문 내 인명과 지명 표기는 가능한 한 러시아 어 발음 규칙에 따랐다.

    러시아 인의 이름에 관하여, 러시아 인의 정식 이름은 이름＋부(父)칭＋성으로 이루어진다.
    예) 이반 알리세예비치→이반(이름)＋알렉세예비치(부칭 : 즉, 아버지의 이름이 알렉세이임을
    뜻한다)＋부닌(성)

    - ㄱ. **이반 알렉세예비치 부닌**―공식석상에서의 호칭.
    - ㄴ. **이반 알렉세예비치**―예를 갖춘 표현 (선생님 등 예를 갖추어야 할 격이 있는 사이).
    - ㄷ. **이반 부닌**―일반적 호칭(신문, 잡지 등).
    - ㄹ. **부닌**―눈앞에 있는 사람을 이렇게 부르는 것은 대단한 실례. 제3자를 칭할 때.
    이미 알고 있는 친근한 사이일 때는 부칭이나 성을 빼고 이름만 부른다.
    - ㄱ. **이반**―일반적으로 이렇게 부르지 않는다.
    - ㄴ. **바냐**(이반의 애칭)―친근한 사이일 때.
    - ㄷ. **반까**(바냐의 애칭)―아주 친근한 관계(가족, 연인, 부부 사이에서).
    - ㄹ. 어렸을 때부터 불리던 별명으로도 부를 수 있다 (가족, 어릴 적 친구)

    이렇게 러시아 인들의 이름은 생활 속에서, 그리고 작품 속에서 등장인물을 칭할 때 다양한 형태를 취한다. 결국 누구를 어떻게 부르느냐에 따라, 작가와 작중 인물 혹은 작중 인물 상호간의 관계가 드러나는 것이다.

변덕쟁이

1

올가 이바노브나의 결혼식에는 그녀의 모든 친구들과 선량한 지기들이 방문했다.
"그를 한번 보세요. 그에게 뭔가가 있어 보이지 않나요?"
그녀는 남편을 바라보며, 마치 자신이 왜 이렇게 평범하고 단순한 뭔가 특별한 것이라곤 전혀 없는 사람에게 시집을 갔는지를 설명하려는 듯 자신의 친구들에게 말했다.
그녀의 남편 오시프 스쩨파느이치 디모프는 의사로 9등관이라는 직급을 가지고 있었다. 그는 두 병원의 근무지를 갖고, 한 병원에서는 초빙 분과 주임 의사로, 다른 병원에서는 해부실 주임으로 일했다. 매일 아침 9시부터 정오까지 그는 환자들을 받거나 그의 병동에서 연구했으며, 오후에는 말을 타고 다른 병원으로 가 그 곳에서 죽은 환자들을 해부했다. 그의 개인 시술은 보잘것없는 것이었으므로, 1년에 500루블의 수입이 전부였다. 그에 대해 무엇을 더 얘기할 수 있을까?

반면 올가 이바노브나와 그의 친구들, 그리고 선량한 지기들은 평범한 사람들이 아니었다. 그들은 모두 각각 무엇으로든 뛰어났고, 조금은 유명했다. 그리고 자신의 이름으로 유명한 사람으로 간주되거나, 아직 유명하지는 않다 하더라도 빛나는 희망들을 가지고 있었다. 드라마 극장의 배우로 말하자면, 오래 전부터 인정받은 탁월한 재능과 똑똑하고 겸손한 사람으로 정평이 나 있었다. 그리고 올가 이바노브나에게 읽기를 가르쳤던 뛰어난 직업 낭독사와, 올가 이바노브나 스스로가 자신을 망쳤다고 탄식해하는 오페라 가수인 선량한 뚱보——그는 만약 그녀가 게으름을 피우지 않고, 자기 절제를 잘 했다면 위대한 성악가가 됐을 거라고 말했었다. 그리고 모두들 자신의 분야에서 우두머리의 위치를 차지하고 있는 몇 명의 동물 화가 그리고 풍경 화가들이 있었다. 특히 랴보프스끼는 흰 고수머리의 젊은 미남으로, 25세의 나이에 전시회에서 대성공을 거두고, 전시회의 마지막 그림을 500루블에 팔기도 했다. 그는 올가 이바노브나의 습작을 손봐 주었으며, 그녀의 그림에는 어떤 특별한 의미가 있는 것 같다고 말했었다. 그리고 환상적인 첼로 연주자, 그는 공개적으로 그가 알고 있는 모든 여성들 중에 올가 이바노브나만이 그에게 반주해 줄 수 있다고 고백했다. 그리고 문학가, 젊지만 이미 유명한, 희곡과 산문과 단편을 쓰는……, 그리고 또 누가 있을까? 아, 바실리 바실리비치, 귀족이며 지주에다 예술 애호가이며 삽화가로, 러시아의 고대 영웅시와 서사시에 매우 감동하는 도안가인 그는, 종이나 도자기, 구운 접시 위에 문자 그대로 기적을 창조해 내곤 했다.

　이 자유로운 예술가들의 모임에서, 단지 아플 때에만 의사의 존재를 생각하는 그들에게서 디모프라는 이름은 마치 시도로프나 따라소프(러시아에서 가장 흔하고 아무런 특색 없는 성. 역주)처럼 그렇게 아무런 특색 없이 들렸다. 그들의 모임에서 디모프는 낯선, 여분의 작은 사람처럼 여겨졌다. 키가 크고 넓은 어깨를 가졌음에도 불구하고 말이다. 그는 마치 다른 사람의 연미복을 걸치고 있는 것 같았고, 마부의 턱수염을 달고 있는 것 같았다. 그렇지만 만약 그가 작가나 화가였다면, 그의 턱수염은 졸라를 연상시킨다고들 말했을 것이다.

　배우는, 올가 이바노브나에게 아마색 머리에 결혼 예복을 입은 그녀는 봄철 부드럽고 하얀 꽃으로 온통 뒤덮여 있는 날씬한 벚나무를 닮았다고 말했다.

　"아니에요. 제 말 좀 들어 보세요!"

올가 이바노브나는 그의 손을 잡으며 말했다.

"어떻게 그런 일이 일어날 수 있을까요? 들어 보세요, 들어 보시라구요……. 당신께, 아버지가 디모프와 함께 같은 병원에서 근무했다는 걸 말씀드려야겠군요. 가엾은 아버지가 병이 나셨을 때, 디모프는 매일 밤낮으로 아버지의 침대를 지켰어요. 얼마나 자기 희생적이에요! 들어 보세요, 랴보프스끼……, 그리고 당신은 작가시잖아요. 들어 보세요, 매우 재미있답니다. 좀더 가까이 다가오세요. 얼마나 진심어린 헌신이에요! 저 또한 밤에 자지 않고 아버지 침대 옆에 앉아 있었어요. 그리곤 갑자기——만세, 도브라 몰로드짜(고대 러시아 영웅 서사시의 주인공으로 항상 정의를 위해 싸우는 거인. 역주)가 승리한 거예요! 저의 디모프가 제게 홀딱 반했죠. 정말 이렇게 기묘한 운명도 있나 봐요. 그리곤 아버지가 돌아가신 후 저이는 저희 집에 가끔 왔었고, 거리에서도 만났죠. 그리곤 갑자기 어떤 아름다운 날 밤——쾅!——제게 청혼한 거예요……. 마치 눈덩이가 머리에 떨어지듯……. 저는 밤새도록 울었어요. 그리고 저도 지독하게 사랑에 빠져 버렸죠. 그리곤 이렇게 보다시피 부부가 되었답니다. 그에게는 뭔가 곧고 우직한 무언가가 있지 않아요? 지금 그의 얼굴은 우리 쪽으로 3/4만큼만 돌려져 있어 잘 보이지 않아요. 하지만 그가 돌아서면 당신은 그의 이마를 보실 수 있을 거예요. 랴보프스끼, 당신은 저 이마에 대해 뭐라고 말씀하시겠어요? 디모프, 우린 지금 당신에 대해 얘기하고 있어요."

그녀는 남편을 향해 소리쳤다.

"이 쪽으로 와요. 당신의 정직한 손을 랴보프스끼에게 뻗어 보세요……, 이렇게 친구가 되세요……."

디모프는 선하고, 순진하게 미소 지으며 랴보프스끼에게 손을 내밀며 말했다.

"매우 반갑습니다. 제 대학 동기 중 랴보프스끼라는 성을 가진 친구가 있었는데 혹, 당신의 친척이 아닌가요?"

2

올가 이바노브나는 22살, 디모프는 31살이었다. 결혼 후 그들은 행복하게 살았다. 이바노브나는 거실의 모든 벽에 빽빽이 자신과 다른 사람들의 스케치들을 액자에 넣어 혹은 액자 없이 걸어 놓았다. 피아노와 가구 근처에는 중국차양들과 화가(畵架), 여러 가지 빛깔의 헝겊조각들, 칼들, 반신상, 사진들이 들어 있는 작은 상자들을 만들어 놓았다. 그리고 식당 벽에는 유치한 그림들을 붙였고, 짚신과 작은 낫들을 걸어 놓았으며, 구석에는 낫과 써레를 놓아 러시아풍의 식당을 꾸며 놓았다. 그녀는 침실을 동굴처럼 천장과 벽을 검은 양복지로 장식하고, 침대 위에는 베네스식 등을 걸었으며, 문 옆에는 도끼 모양의 무기를 든 상을 세워 놓았다. 그리하여 이 모든 것들은 젊은 부부에게 매우 사랑스런, 특별한 용도로 쓰이는 방이 되었다.

매일, 11시쯤 침대에서 일어나는 올가 이바노브나는 피아노를 치거나, 만일 해가 드는 날씨라면 유성 물감으로 무엇이든 그렸다. 그리곤 1시에 자신의 재봉사에게로 향했다. 그녀와 디모프에게는 여분의 돈이 아주 적었기 때문에 자주 새 옷을 장만할 수가 없었다. 자신의 외모로 사람들을 놀래 주기 위해서는 그녀나 그녀의 재봉사는 잔꾀를 부려야만 했다. 그래서 종종, 다시 염색한 것에서부터 아무런 쓸모 없는 견레이스나, 레이스, 털이 긴 빌로드, 실크 조각들에서 기적이 일어나곤 했고, 무언가 매력적인 옷이 아닌 환상이 나오기도 했다.

올가 이바노브나는 재봉일이 끝나면, 극장가의 소식을 알아내기 위해 안면이 있는 배우를 찾아갔으며, 새로운 연극의 초연표를 사기 위해 분주히 움직이거나 홍행 후원을 위해 뛰어다녔다.

배우에게 들른 다음에는 화가의 작업실이나 전시회에 갈 필요가 있었고, 그 뒤엔 초대하기 위해, 혹은 방문하기 위해, 혹은 그저 수다를 떨기 위해 누구든 유명한 사람을 찾아가야 했다. 그러면 어디서든 그녀를 유쾌하고 다정스럽게 맞아 주었다. 그러면 그녀는 좋고, 사랑스럽고, 보기 드문 ……여자라고 확언하곤 했다. 그녀가 유명하고 위대하다고 부르는 사람들은 올가 이바노브나를 동등한 입장에서 대해 주었고, 하나 같은 목소리로 그녀의 재능과 감각, 지식에 대해 만약 그녀가 자신들과 의절하지만 않는다면 뭔가 큰일을 해낼 것이라고 예언했다. 그녀는 노래 부르고, 피아노를 치고, 그림을 그리고, 조소(彫塑)를 하고, 애호가들의 연극에 참가했으며, 이 모든 것에 자신의 재능을 십분 발휘했다. 일류미네이션(전기 장식)을 위해 등을 만든다거나, 무대 의상을 손본다든가, 누구에게 넥타이를 매준다든가——그녀가 하는 일은 모두 특별하고, 예술적이고, 우아하고, 사랑스런 결과를 가져왔다. 하지만 그녀의 모든 재능은 자주 유명한 사람들과 어울리고 빨리 친해지는 능력만큼은 빛나지 못했다. 누구에게든 조금이라도 알려지고, 자신을 화제에 올리도록 할 필요가 있었다. 그래서 그녀는 누군가와 인사를 나누게 되면, 바로 그 날 친해졌고, 반드시 자기 집으로 초대했다. 그녀는 유명인들을 신격화했고, 그들을 자랑스러워했으며, 매일 밤 꿈속에서 그들을 만났다. 그녀는 그들을 갈망했으나 어떻게 해도 자신의 갈증을 해소할 수는 없었다. 한물 간 유명인들은 떠나갔고, 잊혀졌으며, 그들을 대신해 새로운 유명인사들이 나타났지만, 그녀는 곧 그들에게 익숙해져 싫증을 느끼고 목마르게 새로운, 새로운 위대한 사람을 찾았고, 찾고, 또 찾았다. 무엇을 위해?

 다섯시에 그녀는 남편과 함께 점심 식사를 했다. 그의 단순함, 합리적인 사고와 너그러움은 그녀에게 감동과 환희를 안겨다 주었다. 가끔씩 그녀는 그로 인해 벌떡 일어나 급작스럽게 그의 머리를 끌어안고 키스를 퍼부어 대곤 했다.

"디모프, 당신은 영리하고 고상하신 분이에요."

그녀가 말했다.

"그런데 당신에겐 한 가지 중요한 결점이 있어요. 당신은 전혀 예술에 관심이 없다는 것이죠. 당신은 음악과 미술을 부정해요."

"난 그것들을 이해하지 못하오. 난 평생 동안 자연과학과 의학만을 공부했소. 그래서 난 한번도 예술에 관심을 가져 본 적이 없단 말이오."

그가 큰 소리로 말했다.

"하지만 그건 끔찍한 일이에요, 디모프!"

"아니 왜? 당신은 당신의 지기들이 자연과학과 의학을 모르지만 그것에 대해서는 한번도 질책하지 않았잖소. 모든 사람들에겐 다 자신의 일이 있는 거요. 나는 그림이나 오페라를 이해하지 못하지만, 이렇게 생각하오. 만약 어떤 똑똑한 사람들이 무엇인가에 대해 평생을 바치고, 다른 똑똑한 이들은 그것에 거대한 돈을 지불한다면, 그건 필요한 거라고. 그러나 나는 예술에 대해서는 이해하지 못하오. 하지만 이해하지 못한다는 것이 부정한다는 걸 의미하는 것은 아니오."

"당신의 정직한 손을 잡게 해 주세요!"

점심 식사 후, 올가 이바노브나는 지기에게로 향했다. 그리고 극장이나 음악회에 가고, 자정이 넘어 집으로 돌아왔다. 이렇게 매일이 반복되었다.

매주 수요일, 그녀의 집에선 저녁 모임이 열렸다. 이 모임에는 주인과 손님들이 카드놀이를 하거나 춤을 추거나 하지 않고, 다분히 예술적인 여러 가지 일들을 즐겼다. 드라마 극장의 배우는 대본을 읽었고, 가수는 노래를 했고, 화가들은 올가 이바노브나가 무수하게 그려져 있는 스케치북에 그림을 그렸으며, 첼리스트는 연주를 했다. 여주인 또한 그림을 그리거나, 조소(彫塑)를 하기도 했고, 노래를 하거나 반주를 하기도 했다. 낭독과 음악과 노래의 휴식 시간마다 문학과 극장과 회화에 대한 주제로 토론과 논쟁을 했다. 올가 이바노브나는 여배우들과 자신의 여재봉사를 제외한 모든 부인네들을 지루하고 저속하다고 생각했기 때문에 그들은 늘 모임에서 제외되었다. 어떤 저녁 모임이든 여주인이 매번의 초인종 소리에 전율하지 않거나, 승리의 표정으로 '이 사람이 바로 그예요!'라고 말하지 않고 지나가는 법은 없었다. 물론 '이 사람'이라는 명칭은 누구든 새롭게 초대된 유명 인사를 지칭하는 것이었다.

디모프는 항상 거실에 없었다. 그리고 누구도 그의 존재에 대해 기억해 내지 않았다. 그러나 정확히 11시 반이 되면 식당으로 향한 문이 열렸고, 디모프가 자신의 선량한 미소와 함께 손을 비비며 나타났다.

"자, 여러분 식사하십시오!"

모두들 식당으로 향했고, 그 때마다 식탁 위에는 항상 같은 음식들이 등장했다. 굴요리, 햄조각, 송아지 고기, 정어리, 치즈, 생선알, 버섯, 보드카, 그리고 포도주가 담긴 목이 긴 유리병 두 개…….

"사랑스런 나의 주방장!"

올가 이바노브나는 기뻐 손가락을 퉁겨 올리며 말했다.

"당신은 정말 매력적이에요! 여러분, 그의 이마를 한번 봐 주세요! 디모프, 이 쪽으로 돌아봐요. 여러분, 보세요. 벵골산(인도의 한 주. 역주) 호랑이의 얼굴에 사슴처럼 선하고 사랑스런 표정. 오, 사랑스런 분!"

손님들은 디모프를 바라보며 음식을 먹었다. 그리고 생각했다. '정말 멋진 사내야.' 하지만 곧 그에 대해 의식하지 않고, 극장과 음악과 그림에 관한 이야기를 계속했다.

젊은 부부는 행복했고, 그들의 생활은 버터 위를 흘러가는 듯했다. 그런데 신혼의 셋째 주는 행복하지만은 않게 심지어 슬프게 지나갔다. 디모프가 병원에서 환자들로부터 파상풍에 감염된 것이다. 그는 엿새 동안 침대에 누워 있었고, 자신의 멋진 검은 머리칼을 박박 깎아야만 했다. 올가 이바노브나는 그의 곁에 앉아서 괴롭게 울었으나, 그가 조금 나아지자, 짧게 깎은 그의 머리에 하얀 스카프를 씌우고 아라비아 유목인을 그리기 시작했다. 그들은 즐거웠다. 그가 건강을 되찾아 병원을 퇴원한 후 사흘쯤 지나자, 그에게 새로운 의혹이 일었다.

"여보, 난 참 운이 나빠!"

어느 날 그는 점심 식탁에서 말했다.

"난 오늘 네 번의 해부를 했는데 손가락을 두 개나 베었다오. 그런데 난 집에서야 눈치를 챘지 뭐요."

올가 이바노브나는 놀랐다. 그는 미소 지으며 이건 아무것도 아니며, 그가 해부할 때 자주 일어나는 일이라고 말했다.

"난 당신에게 매혹당해 부주의해졌나 보오, 여보."

올가 이바노브나는 시체로부터의 감염을 조심스레 생각하며, 밤마다 모든 일이 잘 되기를 신께 기도했다. 그리고 또다시 슬픔도 불안도 없는, 평화롭고 행복한 단순한 시간들이 흘러갔다. 지금은 모든 것이 좋았다. 그런데 그 모든 것을 대신해 이미 멀리서부터 미소 지으며 수천 개의 기쁨을 약속했던 봄이 다가왔다! 그 봄은 과연 기쁨을 가져다 주었던가. 4월, 5월, 6월에는 멀리 도시 외곽에 있는 별장으로 소풍과 낚시, 종달새……, 그리고 7월부터 가을까지 볼가 강으로의 화가들과의 여행, 그리고 이 여행은 이 집단의 필수 요원인 올가 이바노브나의 참가를 맞을 것이다. 그녀는 이미 아마포로 만든 두 벌의 비싼 정장을 맞추었고, 여행용으로 물감, 붓, 마포 그리고 새 팔레트를 샀다. 그리고 거의 매일, 그녀가 그림에서 어떤 성공을 거두고 있나를 살펴보기 위해 랴보프스끼가 찾아왔다. 그녀가 그에게 자신의 그림을 보여 주면 그는 손을 주머니 속에 깊게 찔러 넣고, 입술을 굳게 다물고는 근엄한 표정으로 말했다.

"그러니까……, 당신의 이 그림은 소리치는군요. 그것들은 저녁인 것처럼 비칩니다. 앞부분의 구도는, 어떻게, 망가졌고, 뭔가, 이해하시겠어요. 그게 아닌데……. 당신의 초가

집은 왠지, 숨막혀하는군요. 그리고 애처롭게 찍찍 소리를 냅니다……. 이 가장자리를 좀더 어둡게 잡았어야 했는데. 대체로 나쁘진 않군요. 좋아요."

그가 난해하게 말할수록 올가 이바노브나는 더 쉽게 이해했다.

3

성령강림제의 이틀째 되는 날, 디모프는 점심 식사 후 먹을 것과 초콜릿 사탕을 사서 아내가 있는 별장으로 향했다. 그는 이미 두 주째 아내와 만나지 못했고, 많이 그리웠다. 기차에 몸을 싣고 디모프는 공상에 잠겼다. 그는 큰 숲에서 별장으로 향하는 피로와 시장기에 지친 자신의 모습을 보았고, 그가 자유롭게 아내와 저녁 식사를 하는 것과 그 다음 깊은 잠 속으로 떨어지는 것을 상상했다. 그리고 포장한 알과, 치즈, 살이 하얀 연어가 들어 있는 꾸러미를 바라보는 그의 모습은 유쾌함으로 가득했다.

그가 자신의 별장을 찾았을 때는 이미 해가 어둑어둑할 무렵이었다. 늙은 하녀는 마님은 안 계시며, 그들은 곧 돌아올 것이라고 말했다. 별장은 도화지를 발라 놓은 낮은 천장과 고르지 않고 틈이 벌어진 마룻바닥으로 인해 볼품이 없었다. 방은 세 개뿐이었다. 첫번째 방에는 침대가 있었고, 다른 방에는 걸상 위와 창문가에 아마포, 붓, 기름투성이 종이, 그리고 중절모자와 남자용 외투가 뒹굴고 있었다. 그런데 세 번째 방에서 디모프는 세 명의 낯선 남자들을 보았다. 둘은 검은 머리에 턱수염을 기르고 있었고, 다른 하나는 깨끗이 면도를 한 모양새로 보아 배우 같았다. 식탁 위에는 사모바르(차 주전자. 역주)가 끓고 있었다.

"무슨 일이십니까?"

배우가 황량한 표정으로 디모프를 바라보며 저음의 목소리로 물었다.

"올가 이바노브나를 만나러 오셨나요? 조금 기다리세요. 곧 올 겁니다."

디모프는 앉아서 기다리기 시작했다. 검은 머리 중 하나가 졸린 듯, 생기없는 표정으로 그를 바라보며 자신의 찻잔에 차를 따르며 물었다.

"차 드시겠습니까?"

디모프는 마시고 싶었지만 식욕을 해치고 싶지 않아 거절했다. 곧 발소리와 귀에 익은 웃음소리가 들려 왔다. 문이 열리고, 넓은 중절모자를 쓰고, 손에 상자를 든 올가 이바노브나가 뛰어들어왔다. 그리고 그녀의 뒤로 큰 양산과 접이의자를 든 상냥한 랴보프스끼가 볼을 붉히며 들어왔다.

"디모프!"

올가 이바노브나가 소리쳤고, 기쁨에 반짝였다.

"디모프!"

그의 가슴에 머리와 두 손을 기대며 그녀가 반복했다.
"당신이군요! 왜 이렇게 오랫동안 오지 않으셨어요? 왜요? 왜요?"
"언제 내가 올 수 있겠소, 여보? 난 항상 바쁘고, 간혹 시간이 날 때면 열차 시간이 맞질 않았지."
"하지만 당신을 이렇게 만나니 얼마나 기쁜지 몰라요! 당신은 매일 밤 제 꿈에 나타났고, 전 당신이 아프지 않을까 무서웠어요. 아 당신이, 당신이 얼마나 내게 소중한지를 안다면……, 그건 그렇고 이렇게 와 주셨군요! 당신은 제 구원자가 되실 거예요. 당신만이 절 구해 주실 수 있다구요! 내일 여기서 아주 특별한 결혼식이 있을 거예요."
그녀는 미소 띤 얼굴로 남편의 넥타이를 풀며 계속했다.
"치깰데예프라는 역의 어떤 젊은 전신 기사가 결혼을 하거든요. 잘생긴 젊은이죠. 물론 머리가 나쁘지도 않고……, 그리고 얼굴에, 아시잖아요. 뭔가 강직한, 곰 같은 그런 것이 있는……. 그를 모델로 젊은 노르만 인을 그릴 수 있을 거예요. 별장에 사는 우리 모두가 참석하기로 그와 약속을 했거든요……. 부자는 아니고, 외롭고, 소심하고, 그리고 당연히 그에게 참석을 거부하는 일은 좋지 않잖아요. 생각해 보세요. 정오의 결혼 후, 교회에서 나와 모두 걸어서 신부의 집까지……, 이해하시겠어요. 숲, 새들의 노래, 풀 위의 태양의 반점들, 그리고 우리들은 선명한 녹색의 배경 위에서 여러 가지 빛깔의 점들로──프랑스 인상주의자들의 감각에 맞는

독창적인 것이에요. 그런데, 디모프. 전 무얼 입고 교회에 가죠?"

올가 이바노브나가 슬픈 얼굴을 하며 말했다.

"이 곳에는 제게 아무것도 없어요. 말 그대로 아무것도! 옷도 꽃도 장갑도……. 당신이 절 구해 주셔야 해요. 당신이 왔다는 건, 바로 운명이 당신으로 하여금 절 구하도록 한 것이죠. 열쇠 받으세요. 집에 가셔서 장롱에서 제 장밋빛 원피스를 가져다 주세요. 당신 그거 기억하실 거예요. 그건 맨 앞에 걸려 있어요……. 그 다음에 오른쪽 밑에 있는 서랍을 보시면 바구니가 두 개 들어 있을 거예요. 그걸 위쪽으로 열면 거기엔 전부 견레이스, 견레이스. 견레이스 그리고 여러 가지 헝겊조각들이 들어 있는데 그 맨 밑에 꽃이 들어 있어요. 꽃들은 전부 조심해서 꺼내셔야 해요. 그리고 구김 없게 애써 주시구요. 그 다음엔 제가 고를게요. 그리고 장갑은 사세요."

"좋아."

디모프가 말했다.

"내일 가서 가져오겠소."

"내일요?"

올가 이바노브나는 펄쩍 뛰며 놀라 물었다.

"내일 언제 가져오시려구요? 내일 첫 기차가 9시에 떠나는데 결혼식은 11시란 말이에요. 안 돼요. 당신, 오늘 가셔야 해요, 꼭 오늘이오! 만약 당신이 내일 못 오시게 되면 배달부를 보내세요. 그럼, 지금 가 보세요……. 지금 기차가 올 시간이에요. 늦지 마세요."
"좋아."
"아, 당신을 보내게 되어 얼마나 안타까운지 몰라요."
올가 이바노브나는 눈물 고인 눈으로 말했다.
"나는 왜, 바보같이 전신 기사와 약속을 했을까?"
디모프는 급하게 차 한 잔을 마시고, 둥근 빵을 먹고는 짧게 미소 지으며 역으로 향했다. 그리고 알과 치즈, 흰살 연어는 두 명의 검은 머리와 뚱뚱한 배우가 먹어치웠다.

4

조용한 7월의 달밤, 올가 이바노브나는 볼가 강의 기선 갑판 위에 서서 강물과 아름다운 기선을 바라보고 있었다. 그녀 옆에는 랴보프스끼가 서 있었다.
그는 물 위의 검은 그림자는 그림자가 아니라 꿈이라고 했으며, 환상적인 반짝임을 가진 매혹적인 물과 끝없이 깊은 하늘, 우리의 일상과 높고도 성스러운 어떤 존재에 대해 말해 주는 우울하고 생각에 잠긴 강변 앞에서 잊혀지고 죽고 추억이 될 수 있는 것은 얼마나 아름다운 일인가를 역설했다. 그리고 과거는 흘러가 재미있는 추억이 되고, 미래는 보잘것없고, 이 기적 같은 삶에서 한 번뿐인 이 밤은 곧 끝나

버릴 것이며, 영원과 결합될 것이라고 말했다. 그렇다면 과연 무엇 때문에 살아야 하는가?

그런데 올가 이바노브나는 랴보프스끼의 말과 밤의 침묵을 경청하면서도 자신은 영원할 것이며, 절대 죽지 않을 것이라고 생각했다. 그리고 그녀는 지끔껏 한번도 본 적이 없는 터키색 강물, 하늘, 강변, 검은 그림자를 통해 자신의 영혼을 가득 채운, 근원을 알 수 없는 기쁨을 느끼고 있었다. 사람들은 그녀에게 말하곤 했었다. 그녀는 위대한 화가가 될 것이며, 어딘가 저기 가까운 곳에서 성공, 영광, 사랑, 군중이 그녀를 기다리고 있다고……. 그녀가 눈을 깜박거리지 않고 먼 곳을 바라보았을 때, 사람들의 무리, 불빛, 장중한 음악 소리, 그리고 환성에 둘러싸인 채 흰 원피스를 입고 있는 자신과 사방으로부터 자신에게로 뿌려지는 꽃들이 보였다. 그리고 그녀는 또한, 진실로 위대한 천재, 신이 선택한 사람이 뱃전에 팔꿈치를 기댄 채 자신의 옆에 서 있다고 생각했다. 그가 지금껏 그린 모든 작품들은 위대하고, 새롭고, 특별한 것이며 장차 그가 그리게 될 것들 또한 거대한 대작이 될 것이다. 이것은 그의 얼굴과 행동, 자연을 대하는 그의 준엄한 자세가 증명해 주고 있다. 그림자와 밤의 음영과 달빛에 대해 그는 뭔가 특별하게 자신의 언어로 자신의 권력하에서 자연의 매력을 아프지 않게 느끼며 말했다. 결국 그 자신 또한 매우 아름답고, 독창적이며 그의 삶은 독립적이고 자유로우며 속세의 것으로부터 먼, 새의 삶과 비슷한 것이리라.

"선선해지는군요."

올가 이바노브나는 떨리는 목소리로 말했다. 랴보프스끼는 자신의 망또로 그녀를 감싸 주며 슬프게 말했다.

"저는 당신의 힘 아래 있는 제 자신을 느낍니다. 저는 당신의 노예입니다. 어찌하여 당신은 오늘 이토록 눈부시게 매력적인가요!"

그는 잠시도 눈을 떼지 않고 그녀를 바라보았고, 그의 눈은 진지했다. 그래서 그녀는 그를 바라보기가 두려웠다.

"저는 당신을 바보처럼 사랑합니다……."

그는 그녀의 뺨에 거친 숨을 내쉬며 속삭였다.

"제게 한 마디만 해 주십시오. 저는 죽을 것 같아요. 예술도 버리겠어요……."

그는 흥분 속에서 계속 중얼거렸다.

"저를 사랑해 주십시오. 사랑해 주세요……."

"그런 말씀 마세요."

올가 이바노브나는 눈을 감으며 말했다.

"이건 끔찍한 일이에요. 디모프는 어떡하구요?"

"도대체 디모프가 뭡니까? 왜 디모프죠? 제가 디모프와 무슨 상관이 있습니까? 볼가 강, 달, 아름다움, 내 사랑, 내 환희, 여기엔 어떤 디모프도 존재하지 않습니다……. 아, 전 아무것도 모르겠습니다……. 제게 과거는 필요치 않아요. 제게 한순간만 주십시오……, 한순간만!"

올가 이바노브나의 가슴은 세차게 뛰고 있었다. 그녀는 최소한 남편에 대해 생각하고 싶었다. 그러나 이 순간, 결혼과 디모프와 저녁 모임에 관계된 지난 모든 일들이 그녀에게는 작고, 하찮고, 희미하고, 불필요한, 멀고 먼 것들로 여겨졌다……. 그리고 정말로, 디모프가 무엇인가? 왜 디모프인가? 지금 그녀에게 디모프가 무슨 상관이란 말인가? 디모프는 실제로 존재하는가. 그는 단지 꿈일 뿐인 것은 아닐까?

'그에게, 단순하고 평범한 사람인 그에겐 이미 그가 받은 행복만으로도 충분하다――그녀는 손으로 얼굴을 가리고 생각했다――그 곳에서 질책하고 저주하도록 내버려 둬라. 나는 이렇게 악과 야합하여 파멸하리라. 이렇게 파멸하리라……. 삶에서 모든 것을 경험해 볼 필요가 있다. 신이여! 이렇게 불행하고도 또 행복한 일이 또 어디에 있습니까!'

"그래 어때요? 뭐냐구요?"

화가는 그녀를 안고, 그를 밀치려는 약한 손에 탐욕스럽게 입맞추며 중얼거렸다.

"당신은 날 사랑하고 있소? 그렇지 않소? 아, 얼마나 좋은 밤인가! 기적 같은 밤이오!"

"그래요. 얼마나 좋은 밤인가요!"

그녀는 눈물이 반짝이는 그의 눈을 바라보며 속삭였다. 그리곤 돌연 그를 훑어보곤 그를 끌어안고 그의 입술에 키스했다.

"키네슘에 다 왔습니다!"

누군가 갑판 저 쪽에서 소리쳤다. 발소리가 들려 왔다. 간이 식당 옆으로 사람이 지나간 것이다.

"들어 보세요."

올가 이바노브나는 웃으면서, 행복에 겨워 눈물을 흘리면서 말했다.

"제게 포도주를 가져다 주세요."

오랫동안의 흥분으로 창백해진 화가는 벤치에 앉아 사랑에 빠진 눈으로 올가 이바노브나를 바라보았다. 그리고 눈을 감고 지친 듯 미소 지으며 말했다.

"난 피곤하오."

그리곤 뱃전에 머리를 기댔다.

5

7월의 두 번째 날은 따뜻하고 조용했지만 흐렸다. 이른 아침 볼가 강에는 옅은 안개가 어슬렁거렸고, 9시 이후부터는 빗방울이 뚝뚝 떨어졌다. 맑은 하늘을 볼 수 있는 희망은 전혀 없었다. 차를 마시면서 랴보프스끼는 올가 이바노브나에게 회화란 가장 고결하지 못하고, 가장 지루한 예술이라고 말했다. 그리고 자신은 화가가 아니고, 단지 어떤 바보들만이 그에게 재능이 있다고 생각한다고 말했다. 그리곤 갑자기 칼을 집어 들고 자신의 가장 뛰어난 스케치를 찢어 버렸다. 차를 마신 후, 그는 창문가에 앉아 우울한 표정으로 볼가 강을 바라보았다. 볼가 강은 이미 빛도 없고, 희미하고, 윤기 없는 차가운 모습으로, 우울하고 흐린 가을이 왔음을 일깨웠다. 더욱이 강변의 화려한 녹색 양탄자와 다이아몬드빛 달빛 물결, 투명하고 푸른 먼 곳, 이 모든 우아하고 화려한 자연은 이제 볼가 강에서 걷혀져 다음 봄까지 트렁크 속에 갇혀진 것 같았고, 까마귀들만이 볼가 강 주위를 날며 그녀의 신경을 거슬리게 했다.

"꺄르륵! 꺄르륵!"

랴보프스끼는 그들의 까악까악 우는 소리를 들으면 이성을 잃곤 했다. 그는 이미 재능을 잃었고, 끝장이 났으며 이 세상의 모든 것은 불가항력적이고, 상대적이며, 멍청하고, 특히 이 여자와 관계를 맺지 말았어야 했다고 생각했다……. 한마디로 그는 기분이 나빴고, 우울했다.

올가 이바노브나는 칸막이 뒤 침대 위에 앉아 손가락으로 자신의 아름다운 아마색 머리칼을 손질하며 거실과 침실 그리고 남편의 방에 있는 자신을 상상했다. 그녀의 그러한 공상은 그녀를 극장으로, 재봉사에게로, 유명한 지기들에게로 인도했다. 지금 그들은 무엇을 하고 있을까? 그들은 나에 대해 회상할까? 극장 시즌은 벌써 시작되었고, 저녁 모임에 대해 생각해야 할 때였다. 그런데 디모프는? 사랑스런 디모프! 그렇게 온화하고 어린애처럼 불평하면서, 그는 편지에서 그녀에게 빨리 돌아올 것을 당부했다. 매달 그는 그녀에게 75루블씩을 보내 주었는데, 그녀가 화가들에게 100루블을 빚지고 있다는 편지를 보냈을 때, 그는 당장 100루블을 보내 주었다. 얼마나 선량하고 너그러운 사람인가!

여행은 올가 이바노브나를 피곤하게 했고, 그녀는 지루해 했다. 그래서 그녀는 하루 빨리 이 사내들로부터, 강의 습한 냄새로부터 떠나고 싶었다. 그녀가 스케치 여행을 위해 이 마을 저 마을을 옮겨다니며 농민들의 초가집에서 느끼던 육체적인 칙칙함에서도 벗어나고 싶었다. 만약 랴보프스끼가 이 곳에서 9월 20일까지 화가들과 함께 살겠다는 약속만 하지 않았다면, 오늘이라도 떠날 수 있었을 것이다. 그랬다면, 그랬다면 얼마나 좋았을까?

"세상에!"

랴보프스끼가 신음처럼 중얼거렸다.

"언제나 해가 얼굴을 내밀려는지? 햇빛이 없는 풍경화를 난 계속할 수 없단 말이오!……."

"그런데 당신에겐 구름 낀 하늘을 배경으로 한 스케치가 있잖아요."

올가 이바노브나가 칸막이 뒤에서 뛰어나오며 말했다.

"기억해요? 오른쪽 구도엔 숲이 있고, 왼쪽엔 소떼와 거위떼가 있는……, 지금 그걸 끝내면 되잖아요."

"에!"

화가는 얼굴을 찌뿌렸다.

"끝낸다! 과연 당신은 내가 그렇게 멍청하고, 자신이 무슨 일을 해야 하는지도 모르는 그런 인간이라고 생각하오?"

"당신, 제게 정말 많이 변하셨어요!"

올가 이바노브나는 한숨을 내쉬었다.

"그래, 훌륭해요."

올가 이바노브나는 얼굴을 떨며 벽난로 쪽으로 다가가 울기 시작했다.

"그래, 부족한 건 눈물밖에 없구만. 그만해요! 내겐 천 가지나 울 이유가 있지만 난 울지 않잖소."

"천 가지 이유라고요!"

올가 이바노브나가 소리쳤다.

"가장 중요한 이유는 당신이 이미 절 거부하신다는 이유겠네요. 그렇죠!"

그렇게 말하고 그녀는 다시 흐느껴 울기 시작했다.

"사실대로 말하자면 당신은 우리의 사랑을 부끄러워하고 있어요. 당신은 항상 화가들이 눈치채지 못하게 하려고 애를 쓰죠. 설사 이것을 감추기란 불가능하고, 이미 오래 전에 그들에게 알려진 사실이지만요."

"올가, 나 당신한테 한 가지만 부탁하겠소."

화가는 애원하듯 가슴에 손을 얹고 말했다.

"단 하나, 날 괴롭히지 마시오! 이제 내겐 당신으로부터 필요한 게 하나도 없소!"

"그래도 당신, 아직 절 사랑하신다고 맹세해 주세요."

"이건 악몽이야!"

화가는 입 속으로 중얼거리며 벌떡 일어섰다.

"내가 볼가 강으로 뛰어들거나 미쳐 버려야만 이 일이 끝나겠소! 날 내버려 두시오!"

"그럼 차라리 절 죽이세요, 절 죽이시란 말이에요!"

올가 이바노브나는 소리쳤다.

"죽여요!"

그녀는 다시 흐느껴 울며 칸막이 뒤로 갔다. 볏짚으로 이은 초가지붕 위에서 비가 후두둑 소리를 냈다. 랴보프스끼는 자신의 머리를 움켜쥐고 이쪽저쪽 구석을 왔다갔다했다. 그리고는 결심한 듯 총을 어깨 너머 그녀의 근처로 던져 놓고, 마치 자신의 알리바이라도 증명하려는 듯 모자를 쓰고 밖으로 나갔다.

그가 나간 후 올가 이바노브나는 오랫동안 침대 위에 누워 울었다. 처음에 그녀는 랴보프스끼가 자신을 죽게 했다는 것을 보여 주기 위해, 그가 돌아올 때쯤 독약을 마시고 자살하는 것이 좋겠다고 생각했다. 하지만 그 다음엔 그녀의 공상들이 그녀를 거실로, 남편의 방으로 인도했고, 그녀가 움직이지 않고 디모프와 나란히 앉아 육체적 평온과 깨끗함을 즐기고, 저녁에 극장에 앉아 있거나 마치니(이탈리아의 유명한 성악가. 역주)를 듣는 것을 상상했다. 문화 생활과 도시의 소음과 유명 인사들에 대한 그리움은 그녀의 가슴을 꽉 조여 왔다. 초가집으로 노파가 들어와 점심 식사를 준비하기 위해 천천히 난로에 불을 지폈다. 그을음 냄새가 나기 시작했고, 공기는 연기로 파래졌다. 화가들은 더러워진 목이 긴 장화

차림에 흠뻑 젖은 몰골로 들어와 자신들의 스케치를 살피며, 볼가 강은 심지어 악천후 속에서도 자신의 매력을 가지고 있다고 스스로에게 위로의 말들을 했다. '틱—틱—틱…….' 벽에 걸린 값싼 시계가 소리를 냈고, 파리들이 앞쪽 모퉁이에서 웅웅거렸으며, 성상 주변에서도 지지직 소리가 났고, 벽침대 밑과 두꺼운 마분지 속에서 바퀴벌레들이 기어다니는 소리가 들렸다.

랴보프스끼는 해가 질 무렵 돌아왔다. 그는 책상 위에 모자를 집어던지고, 창백하고 피로에 지친 모습으로 더러운 장화를 신은 채 벽침대로 무너졌고, 눈을 감았다.

"난 피곤하오……."

그는 그렇게 말하며, 눈꺼풀을 들어 올리려 애쓰며 눈썹을 움직였다. 그와 화해하고 화가 이미 풀렸음을 보여 주기 위해 올가 이바노브나는 그에게로 다가가 말없이 입맞추고 빗으로 그의 희고 곱슬거리는 머리를 쓰다듬었다. 그녀는 그의 머리를 빗겨 주고 싶었다.

"이게 뭐야?"

그는 몸서리치며 물었다. 그는 무언가 차가운 것이 닿은 것처럼 화들짝 놀라 눈을 떴다.

"뭐야 도대체? 날 좀 가만히 내버려 둬요. 부탁이오."

그는 손으로 그녀를 밀어젖히고 물러섰다. 그의 그러한 얼굴이 그녀에게는 혐오감과 짜증스러움을 표현하고 있다고 느껴졌다. 바로 이 때 노파가 그에게로 조심스럽게 양손에 수프가 담긴 접시를 가져왔고, 올가 이바노브나는 수프 속에 노파의 손가락이 빠져 있는 것을 보았다. 허리띠를 동여 맨 구질구질한 노파와 랴보프스끼가 게걸스럽게 먹기 시작한 수프, 그리고 초가집, 그리고 처음엔 그녀에게 그렇게 좋아 보였던 단촐함과 예술적인 무질서가 있는 삶, 이 모든 것들이 이제는 초라하고 끔찍하게 느껴졌다. 그녀는 갑자기 자신이 모욕당했음을 느끼고 차갑게 말했다.

"우리 얼마간 떨어져 있는 게 좋겠어요. 지루함 때문에 우리는 심각하게 싸우게 될지도 몰라요. 내겐 모든 게 지겨워졌어요. 난 오늘 떠나겠어요."

"뭘 타고? 젓가락이라도 타고 가겠소?"

"오늘이 목요일이니까, 9시 반에 기선이 올 거예요."

"아, 그래. 그렇구만⋯⋯, 자, 그럼 떠나요⋯⋯."

냅킨 대신 수건으로 입을 닦으며 랴보프스끼가 부드럽게 말했다.

"이 곳엔 당신이 할 일이 아무것도 없고, 지루한 곳이라 당신을 잡으려면 엄청난 이기주의자가 돼야 할 거요, 떠나요. 12일 후에 봅시다."

올가 이바노브나는 유쾌하게 짐을 챙겼으며 심지어 그녀의 볼까지 만족감으로 붉어졌다. 과연 이게 사실일까? 곧 그녀가 거실에 앉아 무언가를 쓰거나, 침실에서 자고, 식탁보 덮인 식탁에서 점심 식사를 한다는 게 꿈같이 여겨져 그녀는 자신에게 물었다. 그녀는 마음이 가벼워졌고, 이미 랴보프스끼에게 화가 나 있지도 않았다.

"물감과 붓은 당신에게 남기고 갈게요. 랴부샤(랴보프스끼의 애칭. 역주)."

그녀가 말했다.

"남은 것들은 가지고 와요……. 그리고 보세요. 나 없다고 게으름 피거나 우울해해선 안 돼요. 일 하세요. 당신은 저의 훌륭한 사람이잖아요. 랴부샤."

9시에 랴보프스끼는 그녀가 예상했던 것처럼 화가들이 보는 앞에서 키스하지 않기 위해 먼저 작별의 키스를 했고, 부두까지 배웅해 주었다.

이틀 반나절이나 걸려 그녀는 집에 도착했다. 모자와 여름 외투도 벗지 않은 채 그녀는 흥분으로 거친 숨을 내쉬며 거실을 지나 식당으로 향했다. 디모프는 프록코트도 입지 않은 채 단추를 풀어 헤친 조끼를 입고 식탁에 앉아 포크에 칼을 문지르고 있었다. 그의 앞에는 접시에 놓인 들꿩 한 마리가 누워 있었다. 올가 이바노브나는 집으로 돌아오면서 남편에게는 모든 걸 숨겨야 하며, 그럴 만한 힘은 자신에게 충분히 있다고 확신했다. 그런데 지금 그녀가, 넓고 온화하고 행복한 미소와 기쁨에 반짝이는 남편의 눈을 보았을 때, 그녀는 이런 사람에게 무언가를 숨긴다는 것은 비열하고 혐오스러운 짓이며 또한 자신이 누군가를 비방하거나, 훔치거나, 죽이는 일처럼 그녀가 할 수 있는 일이 아님을 느꼈다. 한순간 그녀는 남편에게 모든 걸 고백하기로 결심했다. 그에게 자신을 포옹하고, 입맞추도록 한 후 그녀는 그 앞에 무릎을 꿇고 앉아 얼굴을 가렸다.

"왜 이러는 거요. 무슨 일이오, 여보?"

그는 부드럽게 물었다.

"날 보고 싶었던 게로구만?"

그녀는 수치심으로 붉어진 얼굴을 들고, 죄인처럼 간청하는 듯한 얼굴로 그를 바라보았다. 그러나 수치심과 공포로 인해 그녀는 진실을 말할 수가 없었다.

"아니에요……"

그녀가 입을 열었다.

"그저, 저는……"

"자, 앉읍시다."

그가 그녀를 일으켜 식탁에 앉히며 말했다.

"자, 이렇게…… 꿩고기를 먹어요. 당신은 배가 고팠구만, 가엾은 사람."

그녀는 자기 집의 공기를 탐욕스럽게 호흡하며 꿩고기를 먹었고, 그는 행복하게 그녀를 바라보며 기쁘게 웃었다.

6

디모프의 행동으로 보아 겨울의 중간 무렵부터 그는 자신이 배신당했다는 것을 알아챈 것 같았다. 그는 마치 자신의 양심이 깨끗하지 않은 사람처럼 아내의 눈을 똑바로 바라보지 못했고, 그녀와의 마주침에서도 기쁘게 미소 짓지 않았으며, 심지어 그는 그녀와 단둘이 있는 시간을 줄이기 위해 점심때 그의 동료인 까로스쩰레프를 자주 데리고 왔다. 피로한 얼굴에 머리를 짧게 깎은 그는 올가 이바노브나와 이야기할 때 당황해, 자기 윗도리 단추를 모두 풀었다간 다시 잠그고, 그리곤 오른손으로 왼쪽 콧수염을 잡아당기곤 했다. 점심 식사 때 두 명의 의사는 횡경막의 위치가 높으면 가끔씩 심장의 비정상적인 고동이 생길 수 있다거나, 요즘은 신경염 환자가 부쩍 늘었다거나, 혹은 어제 디모프가 진단 결과 악성 빈혈로 판명된 환자의 시체를 해부했는데 위액선에서 암을 발견했다는 등등의 얘기들을 했다. 이는 마치 올가 이바노브나에게 침묵할 수 있는 시간, 즉 거짓말을 하지 않아도 되는 시간을 그녀에게 주기 위해 의학적 대화를 나누는 것처럼 보였다. 식사 후, 까로스쩰레프는 피아노 앞에 앉았고, 디모프는 한숨 쉬며 그에게 말했다.

"어이, 여보게! 자, 그러니까! 무엇이든 슬픈 곡으로 하나 연주해 보게."

어깨를 들어 올리고, 손가락을 넓게 벌린 까로스쩰레프는 몇 개의 협화음을 내본 뒤, 테너로 '러시아 남자가 고통을 받지 않는, 그런 도피처를 내게 가르쳐 줘'라는 노래를 부르기 시작했고, 그러면 디모프는 다시 한 번 한숨을 내쉬곤 주먹으로 머리를 괴고 생각에 잠겼다.

최근에 들어 올가 이바노브나는 매우 부주의하게 행동했다. 매일 아침 그녀는 이제 랴보프스끼를 사랑하지 않고, 하늘이 도와 모든 일이 순조롭게 끝났다는 생각과 함께 잠을 깼다. 하지만 커피를 마시고 난 그녀는 랴보프스끼가 자신으로부터 남편을 빼앗아 갔으며, 그래서 지금 자신은 남편도 없고 랴보프스끼도 없이 혼자만 남겨졌다고 생각했다. 그리고 그녀는 랴보프스끼가 지금 폴레노프(러시아의 유명한 풍경화가. 역주)적 감각의 장르와 풍경화를 혼합한 어떤 놀라운 전시회를 준비하고 있고, 그의 작업실을 다녀온 사람들은 환희에 차 돌아온다는 지기들과의 대화를 회상했다. 그리곤, 그녀는 아마도 이건 그녀의 영향 아래에서 그 그림들이 탄생했을 것이며, 다분히 자신의 덕택으로 그가 좋은 쪽으로 발전한 것이라 생각했다. 마지막으로 그녀는 그가 어떤 반점무늬가 있는 회색 프록코트를 입고 새 넥타이를 매고 와 지친 목소리로 그녀에게 '제가 아름다운가요?' 하고 물었던 일을 회상했다. 정말로 그는 우아했고, 그의 긴 고수머리와 하늘색 눈동자는 매우 아름다웠다 (혹은, 그렇게 보였을는지 모른다). 그리고 그녀에게 매우 부드럽게 대했었다.

  많은 것들에 대해 회상하고 상상한 올가 이바노브나는 옷을 입고 무척 흥분된 표정으로 랴보프스끼의 작업실로 향했다. 그녀는, 명랑하고 자신의 그림에 매혹된 그를 만났다. 정말 대단한 그림이었다. 그는 펄쩍펄쩍 뛰어올랐고, 장난쳤으며 그녀의 신중한 물음에도 농담으로 답했다. 올가 이바노브나는 그의 그림을 질투했고 증오했으나, 예의상 정중한 자세로 그 그림 앞에 5분 정도 서 있다가, 길게 한숨을 내쉰 후 조용히 말했다.

"그래요. 당신은 이제껏 이런 그림을 그리지 못했어요. 심지어 비슷한 것들도요. 무섭기까지 하군요."

그러고 나서 그녀는 자신을 사랑해 달라고, 버리지 말라고, 가련하고 불행한 자신을 가엾게 여겨 달라고 애원하기 시작했다. 그녀는 울며 그의 손에 입맞추었고, 그에게 사랑의 맹세를 해 줄 것을 간청했으며, 그녀가 없는 그는 의미를 잃고 파멸할 것이라고 협박했다. 그녀는 그의 기분을 구겨 놓고, 자신을 보잘것없는 인간이라 느끼며 재봉사에게로 그리고 연극표를 구하기 위해 알고 지내는 배우들에게로 향했다.

어느 날 올가 이바노브나는 그의 작업실에다 만약 오늘 그가 자신을 찾아오지 않는다면 독약을 먹고 자살할 것이라는 내용의 편지를 남겼다. 그는 겁을 집어 먹고는 그녀에게로 와 점심 식사를 했다. 남편의 참석을 개의치 않으며 그는 그녀에게 파렴치한 말들을 했고, 그녀 또한 그랬다. 그들은 서로에게 화를 냈으며, 그들의 이런 예의바르지 못한 행동으로 인해 그들의 관계를 까로스쩰레프까지 눈치채게 되었다. 식사 후 랴보프스끼는 서둘러 인사하고 떠나려 했다.

"어디로 가세요?"

현관에서 올가 이바노브나는 증오에 찬 눈으로 그를 올려다보며 물었다. 찡그린 얼굴로 눈을 가늘게 뜬 그는, 그들 둘

다 알고 있는 어떤 부인의 이름을 댔으나, 이건 그가 그녀의 질투를 비웃고 그녀의 기분을 상하게 하려고 하는 다분히 의도적인 태도였다. 그녀는 자신의 침실로 돌아가 침대 위에 누웠다. 그녀는 질투심과 노여움 그리고 모욕당했다는 수치감으로 베개를 물어뜯으며 크게 흐느끼기 시작했다. 디모프는 까로스쩰레프를 거실에 남겨 두고, 당황하고 무엇인가를 잃은 듯한 황량한 모습으로 침실로 가 그녀에게 조용히 말했다.

"큰 소리로 울지 말아요, 여보……, 왜 그러는 거요? 이것에 대해선 말하지 않는 편이 나을 것 같소……. 이렇게 자신의 감정을 드러낼 필요는 없지 않소……. 알고 있소? 한 번 일어난 일은 돌이킬 수 없다는 걸……."

그녀는 관자놀이까지 파고드는 질투심을 안고, 일을 다시 바로잡을 수 있다고 생각하면서 세수를 했다. 그리고 화장을 하곤 안면이 있는 부인에게로 날아갔다. 거기서 랴보프스끼를 찾아 내지 못하면, 다른 부인에게로, 그 다음 다른 부인에게로……. 처음에는 이렇게 찾아다니는 것이 부끄러웠지만 차츰 익숙해졌다. 어느 저녁에는 그녀가 랴보프스끼를 찾아내기 위해 안면이 있는 모든 부인들을 다 찾아간 적도 있으며, 이제 모든 사람들이 그들의 관계에 대해 알게 되었다.

한번은 그녀가 랴보프스끼에게 남편에 대해 이렇게 말했다.

"그 사람은 자신의 선량함으로 절 괴롭혀요!"

이 문장은 그녀의 마음에 쏙 드는 표현이었고, 그래서 그녀는 랴보프스끼와의 관계를 알고 있는 화가들을 만날 때면, 매번 열정적인 손동작을 해 보이며 남편에 대해 말했다.

"그 사람은 자신의 선량함으로 절 괴롭혀요! 숨이 막힐 지경이죠!"

하루하루의 생활은 작년과 변한 것이 없었다. 수요일마다 저녁 모임이 벌어졌다. 배우는 대본을 읽었고, 화가들은 그림을 그렸으며, 첼리스트는 연주했고, 성악가는 노래했으며, 변함없이 11시 반이면 식당으로 향한 문이 열렸고, 디모프는 미소 지으며 소리쳤다.

"자, 여러분. 식사하십시오!"

예전처럼 올가 이바노브나는 위대한 사람들을 찾았고, 찾고, 만족하지 못해 또 찾았다. 예전처럼 그녀는 늦은 밤에 돌아왔지만, 디모프는 이제 예전처럼 그녀와 함께 잠들지 않았고, 자신의 서재에 앉아 무언가 일을 했다. 그는 매일 3시쯤 잠자리에 들어 8시에 일어났다.

어느 날 저녁, 그녀가 거울 앞에 서서 극장으로 갈 채비를 하고 있을 때, 연미복에 흰 넥타이를 맨 디모프가 침실로 들어왔다. 그는 예전처럼 미소 지으며 아내의 눈을 똑바로 쳐다보았다. 그의 얼굴은 기쁨으로 빛나고 있었다.

"여보, 내 박사 학위 논문이 통과되었소!"

그는 침대에 앉아 무릎을 어루만지며 말했다.

"통과되었다구요?"

올가 이바노브나가 물었다.

"아오?"

그는 계속 그에게 등을 돌린 채 머리 손질을 하고 있는 거울 속 아내의 얼굴을 보기 위해 목을 빼며 웃었다.

"아오?"

그는 반복했다.

"이제, 내게 일반 병리학 비상근 강사직을 제안해 올 가능성이 매우 높아졌소. 그런 기미가 보이오."

그의 행복하고 기쁨에 반짝이는 얼굴로 보아, 만약 올가 이바노브나가 그의 기쁨과 성취감을 나누어 준다면, 그는 그녀의 과거, 현재, 미래 모든 걸 용서하고 잊어버릴 수 있을 것 같은 기분이었다. 그러나 그녀는 비상근 강사가, 일반병리학이 무엇을 의미하는지 이해하지 못했고, 단지 극장에 늦을지도 모른다는 생각만으로 아무 말도 하지 않았다.

그는 한동안 침묵 속에 앉아 있다가, 겸연쩍은 듯 씁쓸한 미소를 지으며 방을 나갔다.

7

그 날은 가장 불행한 날이었다.

디모프는 심하게 머리가 아팠다. 그는 아침에 차도 마시지 않았고, 병원에 나가지도 않았으며, 자신의 서재에 있는 터

키식 소파에 누워 있었다. 올가 이바노브나는 평소처럼 1시쯤 랴보프스끼에게 자신의 정물화 스케치를 보여 주고, 왜 어제 그녀에게 오지 않았는지 물어 보기 위해 그에게로 떠났다. 습작은 형편없는 것이었고, 그녀는 단지 그에게로 갈 구실을 만들기 위해 그림을 그렸다.

그녀는 초인종도 누르지 않고 그의 집으로 들어갔고, 그녀가 현관에서 신을 벗을 때 그녀에게는 마치 작업실 안에서 누군가 뛰어가고, 바스락거리는 여자의 치마 소리가 들리는 것 같았다. 작업실 안을 들여다보려 서둘렀을 때는 순간적으로 이젤들과 함께 검은 옥양목으로 가려진 큰 그림 뒤로 사라지는 갈색 치마 조각만을 어슴푸레 보았다. 이것은 의심할 바 없이 여자가 숨어 있다는 것을 의미했다. 그렇게 자주 올가 이바노브나도 그 그림 뒤를 자신의 은신처로 삼았었다. 그녀가 들어오는 것을 보고 매우 당황한 것처럼 보이는 랴보프스끼는 두 팔을 뻗으며 어색한 미소 속에 말했다.

"아-아-아! 당신을 보니 매우 기쁘군요. 뭐 좋은 소식이라도 있나요?"

올가 이바노브나의 눈동자는 눈물로 가득 찼다. 그녀는 창피하고 쓰라렸으며 지금 그림 뒤에 서서 아마도 악의에 차 기쁜 듯이 히히거리고 있을 낯선 여자, 경쟁자, 거짓말쟁이의 실존에 대해 죽어도 인정하고 싶지 않았다.

"당신에게 보여 줄 스케치를 가지고 왔어요."

그녀는 가는 목소리로 겁에 질린 듯 말했다. 그녀의 입술이 떨리기 시작했다.

"정물화."

"아-아-아······스케치!"

화가는 손에 습작품을 들고, 그것을 바라보면서 기계적으로 다른 방으로 향했다. 올가 이바노브나는 순종적으로 그의 뒤를 따랐다.

"나쭈르모르뜨(정물화라는 뜻. 역주)······최고오야!"

그는 리듬을 넣어 중얼거렸다.

"꾸로르뜨······초르뜨······뽀르뜨······."(뜻은 요양지, 악마, 항구이지만 단어의 의미와는 상관없이 '르뜨'라는 음으로 끝나는 단어들을 열거한 말장난. 역주)

작업실로부터 서두르는 발소리와 원피스가 사각거리는 소리가 들렸다. 그녀가 나간 것이다. 올가 이바노브나는 크게 소리치고, 화가의 머리를 무엇으로든 내려치고 싶었으나 그녀는 눈물이 아른거려 아무것도 보지 못했다. 수치심으로 올가 이바노브나는 이제 자신을 화가가 아니라 하찮은 인간으로 느꼈다.

"나는 피곤하오······."

화가가 습작을 바라보며, 졸음을 쫓으려고 머리를 흔들며 피로에 지친 듯한 목소리로 말했다.

"물론 이건 아름답소. 하지만 오늘도 습작, 그리고 작년에도 습작, 한 달 뒤에도 습작일 것이고······, 당신은 지루하지 않소? 내가 만일 당신이라면 그림을 버리고, 진지하게 음악이나 뭔가 다른 것을 했을 것이오. 당신은 화가가 아니라 음악인이잖소. 그런데 알겠소, 얼마나 내가 피곤한지! 지금 차를 내오라고 말하겠소……응?"

그는 방을 나갔고, 올가 이바노브나는 그가 하인에게 뭔가 주문하는 소리를 들었다. 작별 인사도 하지 않고, 설명도 하지 않고, 무엇보다 흐느껴 울지 않기 위해, 그녀는 랴보프스끼가 돌아오기 전에 황급히 신을 신고 거리로 나섰다. 거기서 그녀는 가볍게 한숨을 내쉬었다. 이제 영원히 랴보프스끼와 그림과 작업실에서 그토록 그녀를 짓눌렀던 수치심으로부터 자유로워졌음을 느꼈다. 모든 건 끝났다!

그녀는 재봉사에게로 갔으며, 그 다음 바로 어제 도착한 지기에게로, 그 곳에서 악보 상점으로 향했다. 그러면서 그녀는 랴보프스끼에게 차갑고, 잔인하고, 자신의 장점들로 가득 찬 편지를 쓸 것임을, 그리고 봄이나 여름에 디모프와 함께 크림(러시아의 유명한 요양지 중 하나. 역주)으로 가서 과거로부터 해방되고, 새 삶을 시작하며 보낼 시간들에 대해 생각했다.

저녁 늦게 집으로 돌아온 그녀는 옷도 갈아입지 않은 채 거실에 앉아 편지를 썼다. 그녀는 랴보프스끼가 자신에게 화가가 아니라고 말했던 것에 대한 보복으로 그는 매년 똑같은 것만 그리고 있으며, 또한 매일 같은 말만 반복하고, 그는 마비되었고, 그로부터 이미 나왔던 것 외에는 새로운 것은 이제 아무것도 나오지 않을 것이라고 썼다. 또한, 그는 그녀로부터 영감을 받았으며, 만약 그가 좋은 작품을 그리지 못하게 된다면 그것은 단지 오늘 그림 뒤로 숨겼던 여자들에 의해 자신의 영향이 마비되었기 때문이라고 썼다.

"여보!"

문을 열지 않은 채 서재에서 디모프가 불렀다.

"왜 그래요?"

"여보, 내게로 들어오진 말고, 문 쪽으로 다가오기만 해요. 그러니까……사흘 전 난 병원에서 디프테리아에 전염되었었소. 그리고 지금……, 몸이 좋지 않소. 까로스쩰레프를 빨리 불러 주오."

올가 이바노브나는 항상 남편을 부를 때, 다른 모든 지기가 있는 남자들과 마찬가지로 이름이 아니라 성을 불렀다. 그의 이름 오시프는 고골의 오시프와 말장난을 연상시켰기 때문에 그녀의 마음에 들지 않았다. '오시프 아흐리프, 아흐리프 오시프(오시프가 목이 쉬었고, 아흐리프도 목이 쉬었다는 뜻의 말장난. 역주)' 하지만 지금 그녀는 소리쳤다.

"오시프, 그럴 수는 없어요!"

"가요! 몸이 좋지 않소……."

문 뒤에서 그가 소리쳤고, 그가 소파로 다가가 눕는 소리가 들렸다.

"가요!"

다시 그의 목소리가 희미하게 들렸다.

'이게 어찌 된 일일까?——올가 이바노브나는 싸늘한 공

포에 휩싸여 생각했다——아마도 위험한 걸 거야!'
 그녀는 말없이 양초를 들고 침실로 향했다. 거기서 자신이 무엇을 해야 하는지 생각하면서 그녀는 절망적인 표정으로 거울 속의 자신을 바라보았다. 높은 소매와 가슴에 노란 주름 장식이 있는 재킷에, 튀는 줄무늬가 있는 치마를 입은 그녀는 창백하고 놀란 얼굴에 무섭고 불쾌하게 보였다. 그녀는 갑자기 가슴이 시리도록 디모프가 가엾게 생각되었고, 그의 자신에 대한 끝없는 사랑, 그의 젊은 인생, 그리고 심지어 그가 오래 전부터 자지 않았던 침대까지 애처롭게 생각되었다. 그리고 그녀는 그의 평범하고, 온화한 미소를 회상했다. 그녀는 목놓아 울기 시작했고, 까로스쩰레프에게 간원하는 편지를 썼다. 이 때가 새벽 두시였다.

8

 아침 8시, 올가 이바노브나가 불면으로 무거워진 머리와 빗질하지 않아 아름답지 않은 모습으로 죄지은 듯한 표정을 지으며 침실을 나왔을 때, 그녀 옆을 지나 현관으로, 검은 턱수염을 한 의사로 보이는 신사가 지나갔다. 약냄새가 풍겨왔다. 서재 근처에서 까로스쩰레프가 서서 오른손으로 왼쪽 콧수염을 꼬아 비틀고 있었다.
 "그에게로……, 죄송합니다만, 당신을 보내 드릴 수가 없습니다."

그는 우울하게 올가 이바노브나에게 말했다.

"전염될 수 있습니다. 그리고 사실, 당신이 뭘 할 수 있는 것도 아니지 않습니까, 그는 어쨌거나 지금 의식이 흐릿한 상태입니다."

"정말 디프테리아에 걸린 건가요?"

올가 이바노브나가 속삭임으로 물었다.

"결판을 내려면 중세를 제대로 판단해서 병세를 약화시켜야 합니다."

까로스쩰레프는 그녀의 질문에 답하지 않은 채 중얼거렸다.

"어떻게 그가 전염되었는지 아십니까? 화요일에 그는 어떤 소년에게서 관으로 디프테리아 박막을 빨아 내었죠. 그런데 무엇 때문에? 멍청한 짓이지……. 정말 무모한 짓이야……."

"위험한가요? 아주?"

올가 이바노브나가 물었다.

"네, 힘든 형편입니다. 슈레크라는 저명한 박사에게 보내야 할 것 같기도 하고."

작고, 붉은 머리에 긴 코를 가진 유럽식 억양의 의사가 왔고, 다음으로 키 큰 새우등의 털북숭이로 최하위 성직자를 닮은 의사, 다음엔 젊고 매우 뚱뚱한 붉은 얼굴에 안경을 낀 의사가 왔다. 그들은 자신의 동료 옆에서 당직 근무를 하기 위해 왔던 것이다. 까로스쩰레프는 자신의 시간에 당직을 선후에도 집으로 돌아가지 않고, 그림자처럼 모든 방을 어슬렁거렸다. 하녀는 당직 의사에게 차를 내왔고, 자주 약을 사러 약국으로 뛰어다녔기에 방을 치울 사람이 없었다. 조용하고 우울했다.

올가 이바노브나는 자신의 침실에 앉아, 이 모든 것은 자신이 남편을 배신한 결과로 신이 내린 벌이라고 생각했다. 이 시간 가장 평범하고, 온순한, 알 수 없는 존재는 저기 자신의 소파 위에서 조용히 괴로워하고 있었고, 아무런 불평도 하지 않고 있었다. 만약 그가 무의식 상태 속에서라도 무언가 불평을 했더라면, 당직 의사들은 이 병에는 디프테리아 하나만이 죄가 있는 것이 아니라는 걸 알아챘을 것이다. 그들은 까로스쩰레프에게 모든 것을 물어 볼 수도 있었다. 그는 모든 사실을 알고 있었고, 그래서 동료의 아내를 경멸하는 눈초리로 바라보고 있었다. 마치 그녀가 주범인 악녀이고, 디프테리아는 그저 그녀의 한패거리일 뿐이라고……. 그녀는 이제 볼가 강의 달도 사랑의 대화도 초가집 속에서의 시적인 삶도 기억하지 못했고, 단지 그녀의 턱없는 변덕과 용서될 수 없는 장난질로 인해 손과 발이 무언가 더럽고 끈적거리는 것으로 뒤덮여져 이제 결코 씻어 낼 수 없다는 것만을 느끼고 있었다…….

'아, 난 정말 너무 많이 속이고 살았어!——그녀는 랴보프스끼와의 불안한 사랑을 회상하며 생각했다——이 모든

것은 저주받을 거야!······.'
　4시에 그녀는 까로스쨀레프와 함께 식사를 했다. 그는 아무것도 먹지 않았고, 단지 붉은 포도주만을 마시며 얼굴을 찌푸렸다. 그녀 또한 아무것도 입에 대지 않았다. 그녀는 마음속으로 기도하며 음식을 신께 바쳤다. 만약 디모프가 건강을 회복한다면 그녀는 그를 다시 사랑할 것이며, 절개 곧은 아내가 될 것이라고. 그리곤 또다시 한순간 모든 걸 잊고 까로스쨀레프를 바라보며 생각했다.
　'평범한 사람이, 무엇으로도 눈에 띄지 않는 사람이, 유명하지 않은 사람이 된다는 건 정말 지루한 일이 아닐까. 그래, 더군다나 저렇게 주름진 얼굴과 노쇠한 기력을 가진?' 하지만 이 순간 그녀에게는 자신이 전염될까를 두려워해 아직 한 번도 남편의 서재에 가지 않은 것에 대해 신이 벌을 내릴 것이라는 생각이 머리를 스치고 지나갔다. 모든 것이 불안하고 우울한 상태 속에서, 여기까지 생각이 미치자 그녀에게는 이제 삶은 망가졌으며 무엇으로도 돌이킬 수 없다는 확신이 들었다.
　식사 후, 어둠이 찾아들었다. 올가 이바노브나가 침실을 나왔을 때, 까로스쨀레프는 금실로 수놓은 실크 베개를 베고 소파에서 자고 있었다.
　"크히 – 푸아 – , 크히 – 푸아――!"
　그는 쉰소리로 크게 코를 골고 있었다.
　집 안의 모든 것은 질서 없이 돌아가고 있었으나 당직 의사들은 이러한 무질서를 눈치채지 못했다. 낯선 사람이 거실에서 자고, 목쉰 소리가 나고, 벽에는 습작들이 걸려 있고, 변덕스러운 상황이 반복되고, 여주인은 머리를 빗지도 않고, 단정치 못한 옷을 입고——이 모든 것들이 지금은 아무런 관심거리가 되지 않았던 것이다.

의사 중 한 사람의 절망적인 웃음소리가 울려 퍼졌고, 괴이하게도 이 웃음소리는 겁에 질린 듯이 울려 퍼져 불쾌한 느낌을 자아냈다.

올가 이바노브나가 다시 거실로 나왔을 때, 까로스쩰레프는 앉아 담배를 피우고 있었다.

"그는 비강 디프테리아에 걸렸습니다."

그가 속삭이듯 말했다.

"이제 심장도 불규칙합니다. 근본적으로, 상태가 나빠요."

"당신은 슈레크라는 박사님께 보이셨나요?"

올가 이바노브나가 말했다.

"이미 했습니다. 그는 디프테리아가 코로 넘어왔다는 걸 눈치챘던 것 같습니다. 아, 슈레크가 도대체 뭡니까! 그는 슈레크이고 나는 까로스쩰레프 그리고 더 이상은 아무것도 아니죠."

시간은 끔찍하리만큼 지리하게 늘어졌다. 올가 이바노브나는 옷을 입은 채로 아침부터 어질러진 침대 위에 누워 졸고 있었다. 그녀에게는 집 안 가득 쇳덩어리들이 가득 찬 것 같았고, 이 쇳덩어리들을 끌어 내기만 한다면 모든 것이 유쾌해지고 가벼워질 것 같았다. 문득 정신을 차린 그녀는 이것이 쇳덩어리가 아니라 디모프의 질병임을 생각했다…….

'나쭈르모르뜨 뽀르뜨……——또다시 망각 속으로 젖어 들며 그녀는 생각했다——스뽀르뜨…… 꾸로르뜨…… 그런데 슈레크는? 슈레크, 그레크, 브레크…… 끄레크(의미 없는 같은 음으로 끝나는 말들의 반복. 역주) 그러나저러나 지금 내 친구들은 어디에 있지? 그들은 내가 불행에 **빠졌다**는 걸 알까? 신이여, 구해 주소서……. 여기서 벗어나게 해 주소서! 슈레크, 그레크…….'

그리곤 다시 쇳덩이……. 시간은 길게 늘어졌고, 아래층의 시계는 자주 울렸다. 그리고 이런저런 일로 초인종 소리가 들렸다. 의사들이 온 것이다…….

하녀가 빈 잔을 쟁반에 받쳐 들고 들어와 물었다.

"마님, 잠자리를 펼까요?"

그리곤 대답을 듣지 못하고 내려갔다. 아래층에서 시계가 종을 쳤고, 볼가 강이 꿈에 보였고, 다시 누군가 침실로 들어왔다. 올가 이바노브나는 벌떡 일어나 까로스쩰레프를 놀란 눈으로 쳐다보았다.

"몇 시예요?"

그녀가 물었다.

"세시쯤 됐습니다."

"그런데, 뭔가요?"

"그래요. 뭐예요! 전 다 끝났다는 말을 하러 왔어요!"

그는 흐느껴 울었고, 그녀 옆 침대에 앉아 소매로 눈물을 닦았다. 그녀는 처음 사태를 파악하지 못했으나 온몸이 차가워짐을 느끼며 천천히 성호를 긋기 시작했다.

"끝났어요……."

그는 가는 목소리로 되풀이하곤 다시 흐느껴 울었다.

"자신을 희생했기 때문에 죽은 거예요……. 의학에 있어 얼마나 큰 손실인지!"

그는 뜨겁게 말했다.

"우리 모두와 비교한다면 그는 위대하고 비범한 사람이었어요! 그 재능! 그가 우리 모두에게 얼마나 희망을 주었는데!"

그는 손을 꺾으며 계속했다.

"세상에, 이럴 수가. 지금은 불을 들고 찾을래야 찾을 수 없는 학자였는데……. 오시까 디모프, 오시까 디모프, 대체 넌 무슨 짓을 한 거야! 아아! 세상에!"

까로스쨀레프는 손으로 얼굴을 가리고 절망적으로 머리를 흔들었다.

"선하고, 깨끗하고, 사랑스런 영혼——사람이 아니라 거울이지요, 거울! 의학에 봉사했고, 의학 때문에 죽었죠. 그는 늑대처럼 일했어요. 밤이고 낮이고. 아무도 그를 아껴 주지 않았고, 젊은 학자, 미래의 교수님은 개인 시술을 찾아야 했고, 밤마다 번역을 해야 했어요. 이런……, 이런 거지 같은 걸레 조각들에 돈을 대기 위해 말입니다!"

그는 올가 이바노브나를 증오에 찬 눈으로 바라보았고, 두 손으로 마치 모든 것이 그것 탓인 양 시트를 사납게 찢어 버렸다.

"그는 스스로를 아끼지 않았고, 다른 사람들도 그를 아끼지 않았죠, 예. 근본적으로 그랬죠!"

"그래요. 보기 드문 사람이었어요!"

누군가 낮은 목소리로 거실에서 말했다.

올가 이바노브나는 그와의 삶을 처음부터 끝까지, 아주 사소한 일까지 회상하곤 그가 이제껏 그녀가 알고 있던 모든 사람과 비교해도 진정으로 비범하고 드문, 위대한 사람임을 불현듯 깨달았다. 그리고 고인이 된 자신의 아버지와 모든 동료 의사들이 그를 어떻게 대했던가를 회상하고는, 그 속에서 그들이 이미 미래의 위대한 인물을 알아보았음을 깨달았다. 그녀에게는 벽과 천장, 전등과 양탄자 들이 마치 자신에게 '넌 때를 놓쳤어! 때를 놓쳤다구!'라고 말하는 것처럼 여겨졌다.

그녀는 울부짖으며 침실을 뛰쳐나가 거실로 뛰어들었고, 어떤 낯선 사람의 곁을 지나 남편의 서재로 뛰어들어갔다. 그는 소파 위에 허리까지 이불이 덮인 채 움직임 없이 누워 있었다. 그의 얼굴은 무섭도록 말라비틀어졌고, 산 사람에게서는 볼 수 없는 회색빛 도는 노란 얼굴을 하고 있었다. 단지 이마와 검은 눈썹과 낯익은 미소만으로 그가 디모프라는 것을 느낄 수 있었다. 올가 이바노브나는 재빨리 그의 가슴과 이마와 손을 만져 보았다. 가슴은 아직 따뜻했지만 이마와 손은 이미 싸늘하게 식어 있었다. 그리고 반쯤 열린 눈동자는 그녀가 아니라 이불을 바라보고 있었다.

"디모프! 디모프!"

그녀는 울부짖었다.

그녀는 그건 뭔가 실수였고, 아직 모든 걸 잃어버린 게 아니고, 삶은 어쩌면 다시 아름답고 행복한 것이 될 수 있다고 설명하고 싶었다. 그리고 그는 드물고, 비범하고, 위대한 사람이며 자신은 평생을 두고 그에게 감사하고, 그를 위해 기도할 것이며, 그 앞에서 성스러운 고통을 느낄 것이라고 …….

"디모프!"

그녀는 그의 어깨를 잡아 흔들며, 그가 이제는 자신에게 기회를 줄 수 없는 사람임을 믿지 못하는 듯 외쳐 불렀다.

"디모프! 디모프, 제발!"

거실에서는 까로스쨀레프가 하녀에게 무언가를 지시하고 있었다.

"그래, 거기서 무얼 물어야 할까? 당신은 수위실로 가서 어디에 양로원 노파들이 사는지 물어 보시오. 그들이 시체를 닦고, 치울 거요. 모든 걸 다 알아서 할 것이오."

소년 반까

석달 전, 제화 기술을 배우기 위해 제화공 알랴힌에게 보내진 아홉 살바기 소년 반까 주꼬프는 크리스마스 이브 날 저녁, 잠자리에 들지 않고 있었다. 소년은 주인과 견습공들이 새벽 예배를 드리러 나갈 때까지 기다렸다가, 서랍장에서 잉크병과 촉이 녹슨 펜을 꺼내어 구겨진 종이 위에 편지를 쓰기 시작했다. 첫번째 알파벳을 쓰기도 전에 소년은 몇 번이나 흠칫흠칫 놀라며 문과 창문들을 바라보았고, 벽 양쪽으로 구두모형들을 얹은 선반의 쭉 늘어진 어두운 그림자를 곁눈질하며 자주 긴 한숨을 내쉬었다. 종이는 긴 의자 위에 놓여 있었고, 소년은 의자 앞에 무릎을 꿇고 앉아 있었다.

"사랑하는 할아버지, 꼰스딴찐 마까르이치!"

반까는 첫줄을 이렇게 시작했다.

"이렇게 할아버지께 편지를 씁니다. 성탄절 축하드리고, 하나님께서 주실 수 있는 가장 좋은 걸 할아버지가 받으시길 바라요. 제게는 아빠도 엄마도 없고 할아버지, 제겐 할아버지 한 분밖에 없으니까요."

반까는 촛불이 희미하게 비치는 어두운 창문으로 눈을 돌려 자신의 할아버지, 지바레프 씨 집에서 야경꾼 노릇을 하는 꼰스딴찐 마까르이치를 그려 보았다. 할아버지는 작고 말랐지만 예순다섯의 나이에도 매우 재빠른 분이었다. 늘 웃는 얼굴로 낮이면 그는 하인의 부엌에서 잠을 자거나 하인들과 장난을 치며 시간을 보내지만, 밤이 오면 헐렁한 가죽 옷을 뒤집어쓰고 저택 주변을 돌아다니며 방망이를 두드려 딱딱 소리를 낸다. 그의 뒤로는 머리를 내려뜨린 늙은 누렁이와 빛깔이 검어서 미꾸라지라고 불리는 몸뚱이가 긴 수캐가 따라다닌다. 이 '미꾸라지'는 유달리 순종적이고, 유순하고 낯선 이들도 마치 아는 사람처럼 부드러운 눈으로 바라보지만 이걸 믿어서는 안 된다. 그의 순종과 유순함 뒤에는 아주 위선적인 교활함이 숨겨져 있다. 언제고 살며시 다가와 다리를 물거나, 냉장실에 숨어 하인들로부터 닭고기를 훔쳐 내는 일에 이 '미꾸라지'보다 더 재능이 있는 개는 없다. 그래서 이놈의 뒷다리를 부러뜨린 적이 한두 번이 아니고, 두 번이나 매달았고, 매주 반죽음이 되도록 채찍으로 때렸지만 이놈은 언제나 금방 생기를 되찾았다.

　아마 지금쯤 할아버지는 문 옆에 서서, 나무로 된 교회의 환하고, 붉게 빛나는 창문을 곁눈질하며 발장단을 맞추며 문지기와 농담을 하고 있을 것이다. 물론 할아버지의 허리춤에는 야경용 방망이가 매달려 있을 것이다. 그리고 할아버지는 언 손을 호호 비비며 꼭 감싸쥘 것이고, 노인네처럼 히히거리며 하녀나 요리사를 꼬집을 것이다.

　"진짜로 코담배 냄새 맡아 보겠수?"

　할아버지는 자기의 담뱃갑을 할머니들에게 내밀며 말한다.

　할머니들은 코담배 냄새를 맡고 이내 재채기를 해댄다. 할아버지는 유쾌함에 어쩔 줄 몰라 경쾌하게 웃으며 소리친다.

　"담배가 코 속에서 얼어붙기 전에 얼른 꺼내시구랴!"

　그리고 그들은 개들에게도 코담배 냄새를 맡게 한다. 누렁이는 얼굴을 돌려 재채기를 하고는 화가 나서 저 쪽으로 가 버린다. 미꾸라지는 그 대단한 충성심으로 재채기도 하지 않고 그저 꼬리만 흔든다. 날씨는 멋드러지다. 대기는 고요하고 투명하며 신선하다. 어두운 밤이지만 온 시골 마을이 하얀 지붕들과 굴뚝에서 솟아나는 연기로 그 모습을 드러낸다. 은색 이슬로 덮인 나무들, 눈더미들, 하늘 가득히 뿌려져 눈을 깜박이는 별들, 은하수는 마치 성탄 전야에 몸을 씻은 듯 그렇게 밝은데…….

　반까는 깊은 한숨을 내쉬고, 펜을 적셔 계속 써내려갔다.

　"할아버지, 어제 저는 심하게 두들겨 맞았어요. 주인은 제가 요람 속에 누워 있는 아기를 흔들어 주다 잠들어 버렸다고 제 머리카락을 움켜쥐고 마당으로 끌고 가 가죽끈으로 마구 때렸어요. 그리고 이 주에 주인 아줌마는 제게 청어 한 마리를 깨끗이 씻으라고 시켰는데요, 제가 청어를 꼬리부터 닦는다고 화를 내고는 그 청어를 집어 들고 제 얼굴을 막 찔렀어요. 그리고 할아버지, 견습공들도 맨날 저를 놀려요. 선술집으로 보드카 심부름을 보내기도 하고, 주인 집에서 오이를 훔쳐 오라고 시켜요. 그러면 주인 아저씨는 저를 또 막 때려요. 엄청 많이요. 그리고 여긴 제가 먹을 게 하나도 없어요. 아침에는 빵조각만 주고요, 점심에는 죽 한 사발, 그리고 저녁에는 또 빵인데 주인 집 식구들은 매일 향기 나는 차와 맛있는 수프를 걸신들린 사람들처럼 먹어요. 그리고 잠은 문간방에서 자요. 그런데 주인 집 아기가 울면 한잠도 못 자고 요람을 흔들어 줘야 해요. 사랑하는 할아버지, 제발 저를 불쌍히 여기셔서 저를 집으로, 시골로 데려가 주세요. 여긴 아무런 희망도 없다구요······. 할아버지 발 밑에 절하고 죽을 때까지 하나님께 기도할게요. 여기서 저를 데려가 주세요, 할아버지. 안 그러면 전 죽을 것 같아요······."

반까는 입을 삐죽거리곤 시커먼 주먹으로 눈물을 훔치며 서럽게 흐느껴 울었다.

"할아버지 코담배도 제가 갈아 드릴 거구요."

반까는 계속 써내려갔다.

"하나님께 기도도 드릴게요. 만약 제가 뭘 잘못하면 용서

없이 저를 때려 주세요. 그런데 할아버지, 혹 할아버지께서 제가 그 곳에서 할 일이 없다고 생각하시는 건 아니겠죠. 전 집사 아저씨께 장화닦기를 시켜 달라고 부탁할 거구요, 페찌까 대신 목동일도 나갈 거예요. 사랑하는 할아버지, 여긴 아무런 희망도 없어요. 그저 죽음뿐이에요. 걸어서라도 시골로 도망치고 싶지만 전 장화도 없구요, 또 너무 추워서 무서워요. 그리고 제가 커서 이다음에 할아버지도 제 손으로 모실 거구요. 누구도 할아버지를 못살게 굴지 못할 거예요. 그리고 할아버지가 돌아가시면 할아버지 영혼이 편히 잠드시기를 기도할 거예요. 제가 엄마 펠라가야를 위해 기도하는 것처럼요.

 할아버지, 모스크바는 아주아주 큰 도시예요. 집들은 모두 지주들 집 같아요. 말〔馬〕들은 많은데 양은 한 마리도 없어요. 개들은 사납지 않구요. 그리고 아이들이 별을 가지려고 교회 찬양대를 넘어다니지도 않아요. 아무도 노래를 못 부르게 해요. 그리구 한번은요, 할아버지, 어떤 가게에서 모든 물고기를 종류별로 낚을 수 있는 낚싯바늘이 달린 낚싯줄을 파는 걸 봤어요. 모두 엄청나게 비싼 것들인데, 1푸드짜리 메기도 낚을 수 있는 바늘도 있다구요. 그리구 또 한번은요, 마님들이 가지고 다니는 그런 소총들을 파는 가게를 몇 개 봤는데요 세상에, 그 소총들은 하나에 백 루블씩이나 해요 ……. 그런데 고깃간에서는요 멧닭, 들꿩, 토끼고기들도 팔거든요. 그래서 제가 어디서 잡았냐고 물었는데, 물건 파는 아저씨가 안 가르쳐 줬어요.

　사랑하는 할아버지, 시골 주인댁에서 봉봉과자가 달린 크리스마스 트리를 만들거든, 금박 입힌 호도와 수레에 매단 선물 상자는 제게 주세요. 마님 올가 이그나찌예브나에게 반까에게 줄 거라고 부탁하세요."

　반까는 불안하게 한숨을 내쉬곤 또다시 창문을 바라보았다. 주인댁 크리스마스 트리로 쓸 전나무를 구하는 일은 항상 할아버지가 했었으며, 숲으로 갈 때마다 그를 따라다녔던 것을 기억했다. 정말 즐거운 시간이었다! 할아버지도 기뻐 소리를 꽥꽥 질러 댔고, 추위도 꽥꽥 소리를 질러 댔고, 그들을 바라보며 반까 또한 기뻐 꽥꽥 소리를 질러 댔다. 전나무를 베기 전, 할아버지는 길게 코담배 냄새를 맡고, 담배를 피우며 꽁꽁 언 반까를 놀려 댄다……. 서리를 덮어 쓴 어린 전나무들은 숨죽이고 선 채, 그들 중 누가 선택될 것인가를 기다렸을까? 눈더미 사이를 쏜살같이 날아다니는 토끼도 그냥 놓칠 순 없다……. 할아버지는 소리친다.

　"잡아라, 잡아……잡으라구! 아이고, 이 멍청한 놈!"

　할아버지는 쓰러뜨린 전나무를 끌고 주인댁으로 돌아와 전나무를 다듬는다……. 반까가 누구보다도 좋아하는 주인댁 부인 올가 이그나찌예브나가 칭찬을 아끼지 않는다. 반까 어머니 필라가야가 살아 있었을 때, 그녀는 주인댁에서 하녀로 일했었고, 올가 이그나찌예브나는 알사탕을 반까에게 주곤 했으며 읽고 쓰는 법과 100까지 세는 것 그리고 심지어 카드릴 춤(4인조 춤. 역주)도 가르쳐 주었다. 그런데 필라가야가 죽자 고아 반까를 하인들의 부엌에 있는 할아버지에게로, 부엌으로부터 모스크바에 있는 제화공 알랴힌에게로 내쫓아 버렸던 것이다…….

"이리로 오세요, 사랑하는 할아버지."

반까는 계속했다.

"하나님의 이름으로 기도드립니다. 저를 이 곳에서 데려가 주세요. 제발 이 불쌍한 고아요. 여기선 모두 저를 몽둥이로 때리고, 매일 배가 고프고, 또 너무 억울해요. 그래도 누구에게도 얘기해선 안 돼요. 그래서 저는 매일 울기만 해요. 그리고 할아버지, 최근엔 주인 아저씨가 구두모형으로 제 머리를 때리는 바람에 저는 정신을 잃고 쓰러졌던 적도 있어요. 전 망했어요. 개들보다 못해요…….

그리고 할아버지, 알레나와 애꾸눈 예고르까, 마부 아저씨께도 안부 전해 주세요. 그런데 참 제 하모니카는 누구에게도 주지 마세요.

할아버지 손자 이반 주꼬프가 여기 남아 있어요. 사랑하는 할아버지, 빨리 오세요."

반까는 다 쓴 종이를 1/4로 접어 미리 1카페이카를 주고 산 봉투에 집어넣었다. 그리고는 조금 생각한 뒤 펜을 적셔 봉투에 이렇게 주소를 적었다.

시골로, 할아버지께.

그러고 나서 잠깐 멈추었다. 다시 잠깐 생각해 보고는 덧붙였다.
"꼰스딴찐 마까르이치께"
 편지를 쓰는 자신을 아무도 방해하지 않았다는 것에 만족해하며 반까는 모자를 쓰고, 외투도 걸치지 않은 채 셔츠바람으로 거리로 달려갔다…….
 반까는 이미 고깃간 아저씨로부터 편지를 우체통에 넣으면 편지는 우체국 마차에 옮겨져, 방울소리를 울리며 술에 취한 마부가 끄는 마차가 세상 모든 곳으로 편지를 배달해 준다고 들었었다. 반까는 첫번째 우체통까지 한달음으로 달려가 그 틈 속으로 조심스레 편지를 집어넣었다.
 달콤한 희망으로 마음이 가라앉은 소년은 한 시간 후 깊이 잠들었다……. 소년은 꿈에 벽난로를 보았다. 벽난로 앞에는 맨발을 늘어뜨린 할아버지가 요리사 아줌마에게 편지를 읽어 주고 있다……. 벽난로 근처에선 미꾸라지가 꼬리를 흔들며 이리저리 돌아다닌다.

아리아드나

오데사로부터 세바스또뽈로 가는 기선 갑판 위에서, 준수한 얼굴에 둥근 턱수염의 한 신사가 담배를 피우기 위해 내게로 다가와 말을 건넸다.

"갑판실 근처에 앉아 있는 저 독일인들을 좀 보십시오. 독일인이나 영국인들이 모이면 그들은 모직물의 가격이나 추수, 그리고 자신들의 개인사에 대해 이야기를 하죠. 그런데 웬일인지 우리 러시아 인들이 모이면 항상 여자나 위대한 모성애에 대해 이야기를 한단 말입니다. 중요한 건 항상 여자들에 대한 것이라는 거죠."

이 신사는 내게 낯이 익었다. 언젠가 우리는 외국에서 귀

국할 때, 같은 기차를 탄 적이 있었다. 나는 볼로치스크에서 세관을 통과할 때, 그가 부인으로 보이는 동행인과 함께 여자 옷으로 가득 찬 산더미 같은 짐가방들 앞에 서 있는 것을 보았다. 그 때 그가 어떤 실크에 대해 통과세를 물어야 했을 때, 얼마나 당황해하고, 답답해했는지 또 그의 동행인은 그것에 반대하여 누군가를 위협하고, 또 누군가에게 불평을 늘어놓고…….

그 후, 오데사로 오는 길에 나는 그가 부인들의 선실로 작은 케이크와 오렌지를 나르곤 하는 것을 보았다.

공기가 습해졌고, 배가 가볍게 흔들려 부인들은 모두 자신의 객실로 들어갔다. 둥근 턱수염의 신사는 내 옆에 앉아 이야기를 계속했다.

"예, 그러니까 러시아 인들이 모이면 그들은 꼭 위대한 어머니나 여자들에 대해서만 이야기를 한다는 거죠. 자, 우리는 이렇게 인텔리들인만큼 하나의 진리에 대해 이야기한다는 것과 또, 많은 문제들을 높은 수준에서 해결할 수 있다는 것은 매우 중요합니다. 러시아 배우들은 장난칠 줄을 모르죠. 그들은 소극에서조차 아주 심오하게 연기를 합니다. 우리처럼 말이죠. 그저 삶의 사소한 일들에 대해 이야기할 때도 우리는 그것을 평이하게 설명하지 못하고 꼭 높은 시각으로 이야기하곤 한단 말입니다. 이런 것들은 바로 용감함과 진실함과 단순함의 부족이죠. 여자에 대해 우리가 그렇게 자주 이야기하는 것은, 제 생각에는 우리가 만족하고 있지 못하기

아리아드나

때문이라고 여겨집니다. 우리는 너무나 여자를 이상적으로 바라보고 있기 때문에 현실적으로 이룰 수 없는 요구들을 하죠. 따라서 우리는 우리가 원하는 것들과 너무도 동떨어진 결과를 얻게 되고, 따라서 이어지는 불만족, 깨어진 희망, 영혼의 고통……, 그러니까 누구든 자신이 아파하는 부분에 대해 이야기하는 거죠. 그런데 이 얘기를 계속해도 지루하지 않겠습니까?"

"아니요, 조금도."

"그렇다면 제 소개를 해도 될까요."

가볍게 일어서며 그가 말했다.

"이반 일리이치 샤모힌입니다. 모스크바 지주들 중 하나죠……. 당신에 대해서는 아주 잘 알고 있습니다."

그는 앉아 내 얼굴을 부드럽고 진지한 눈빛으로 바라보며 말을 이었다.

"여자에 대해 항상 반복되는 대화를 두고 막스 노르다우와 비슷한 어떤 중간급의 철학에서는, 이것을 성도착 증세, 또는 우리가 농노제 찬성자이기 때문이라고 말하지만 저는 이 문제를 다르게 봅니다. 반복하자면 우리는 이상주의자들이기 때문에 만족할 수 없다는 것이죠. 우리는 우리들을 낳았고, 우리의 아이들을 낳는 존재가 우리보다 우월하고 세상 그 무엇보다 우월하기를 바라는 것입니다. 우리가 젊었을 때는 사랑에 빠진 대상을 시화하고, 신격화합니다. 우리에게 있어 사랑과 행복은 동의어나 마찬가지죠. 우리 러시아에서는 사랑하지 않는 사람들 사이의 결혼은 경멸 받습니다. 우스운 육체적 감정 또한 경멸을 불러일으키죠. 인기 있는 소설이나 중편들 속에 등장하는 여자들은 모두 아름답고, 시적이고, 고결하죠. 만약 러시아 인이 옛날부터 라파엘의 마돈나를 보고 열광했다거나, 여성 해방을 우려하고 있다고 말한다면 확신컨대 이것은 조금도 틀린 말이 아닙니다. 하지만 불행 또한 여기에 있죠. 만일 우리가 결혼 후나, 여자를 만나고 한 2, 3년 지난 뒤에 자신에 대해 환멸에 빠지고 속았다는 느낌을 받게 된다면 다른 여자를 만난다 해도 또다시 환멸과 공포의 반복이 될 겁니다. 그렇게 되면 마침내 이런 결론을 내리게 되죠. 여자들은 모두 거짓말쟁이고, 소심하고 부산하며 공정치 않고 멍청한, 그러면서 가혹한, 한마디로 말해 우리보다 우월한 존재가 아니라 남자들보다 더 열등한 존재라고. 따라서 우리들에겐 불만족스럽고, 속았다는 느낌 외엔 아무것도 남는 것이 없죠. 그리하여 우리는 늘 여자를 주제로 이야기를 하지만 사실은 우리를 잔인하게 배신한 여자들에 대해 불평을 늘어놓는 것이라는 얘깁니다."

샤모힌이 말하고 있는 동안 나는 러시아 어를 사용하고 있다는 사실과 러시아의 상황이 그에게 커다란 만족을 안겨 주고 있음을 느꼈다. 이것은 아마도 그가 오랫동안 외국에서 조국을 그리워했기 때문일 것이다. 그리고 한편 러시아 인들을 칭찬하고, 그들에게 드문 이상주의를 던져 주면서도 그는 외국인들을 나쁘게 평하지 않았다. 이 점이 그를 높이 평가하게 했다. 그리고 또한 그는 지금 마음이 편치 않고, 여자에 대해서보다는 그 자신에 대한 이야기를 하고 싶어한다는 것을 느낄 수 있었다. 따라서 내게는 그의 길고 긴 고백조의 개인사를 듣는 것이 이미 피할 수 없는 운명이 되어 버렸다.

그리고 정말로 우리가 한 병의 포도주를 주문하고 한 잔씩 마셨을 때, 그는 이렇게 서두를 시작했다.

"벨뜨만의 어떤 산문에서 누군가 이렇게 말했던 것이 생각나는군요.「이게 바로 역사야!」그러자 다른 이가 대답했죠.「아니야, 그건 역사가 아니라 단지 역사의 서곡에 불과할 뿐이야.」그러니까, 제가 지금껏 얘기했던 것들도 단지 서곡에 불과합니다. 저는 당신에게 제 마지막 로맨스를 들려드리고 싶은데, 죄송합니다만 한 번 더 물어 볼 수밖에 없군요. 제 얘기를 듣는 게 지루하지 않으십니까?"

나는 지루하지 않다고 대답했고, 그는 계속했다.

"저는 어린 시절을 모스크바 현의 북쪽 한 군에서 보냈습니다. 그 곳의 자연에 대해 당신에게 꼭 이야기해야겠군요. 놀랄 만한 곳입니다. 저희 집은 '급류가 흐르는 곳'이라고 불리는 물살이 빠른 작은 강변 높은 곳에 자리잡고 있었는데 그 곳에서는 물이 밤이고 낮이고 크게 소리내며 흘렀었죠. 한번 상상해 보세요. 크고 오래 된 정원, 한가로운 화단들, 양봉장, 채소밭 아래로는 강과 큰 이슬 방울들 아래 조금은 윤기 없어 보이는 백발이 되어 버린 구불구불한 버드나무 숲, 그 쪽으로는 초원, 풀밭 뒤로는 작은 언덕 위로 무섭고 어두운 침엽수림, 이 침엽수림에 보일 듯 말듯 한 송이버섯이 자라고⋯⋯. 제가 죽어 관 속에 못박힐 때면 전 아마 이런 꿈을 꿀 겁니다. 햇살에 눈이 시린 이른 아침, 또는 멋들어진 봄 저녁, 정원과 정원 뒤쪽에서는 종달새와 뜸북새가 울고, 시골로부터 아코디언 소리, 집에서 들리는 피아노 소리, 강은 소리내며 흐르고, 한 마디로 울고 싶어지고, 크게 노래하고 싶어지는 그런 음악, 그런 음악이 들리는 아침과 저녁을 꿈에 볼 겁니다. 저희가 갖고 있는 경작지는 작았지만, 숲과 매년 1,200루블 정도의 수입을 올리는 초원을 임대하여 소득을 올렸죠. 저는 외아들입니다. 아버지와 저는 매우 검소해서 이 돈에 아버지의 연금을 보태면 매우 흡족하게 생활할 수 있었습니다. 대학을 마친 후 3년 동안 저는 시골에 살며 살림을 꾸려 나갔는데, 그 때 저는 누구든 나를 어디 다른 곳으로 데려가 주길 간절히 원했었죠. 왜냐하면 저는 그 때 매우 아름답고, 매력적인 한 여자를 깊이 사랑하고 있었거든요. 그녀는 도산한 이웃 까를로비치의 여동생이었습니다. 까를로비치의 집에는 파인애플 나무와 복숭아 나무들, 그리고 심지어 마당 가운데에 분수까지 있었지만 돈이라곤 한푼도 없었죠. 그는 아무것도 하지 않았고, 아무것도 할 줄 몰랐으며 아주 병약한 사람이었습니다. 동종요법으로 사내들을 치료했고, 강신술을 했습니다. 그는 또한 섬세하고, 부드럽고, 영특한 사람이었죠. 그는 영혼들과 이야기하고 자력으로 할머니들을 치료하기도 했지만 저는 그 사람에게 끌리지 않았죠. 왜냐하면 첫째로, 지적으로 자유롭지 못한 사람에게는 언제나 개념의 혼란이 잦은 법이죠. 그렇기 때문에 그들과 이야기하기란 엄청나게 힘든 일입니다. 둘째로, 보통 그들은 아무도 사랑하지 않고 여자들과도 살지 않습니다. 이런 비밀스러움은 감수성이 풍부한 사람에게는 불쾌함을 불러일으킵니다. 그리고 그의 외모 또한 제 마음에 들지 않았죠. 그는 작은 머리와 작고 반짝이는 두 눈, 희고 포동포동한 손가락을 가진 키 크고, 뚱뚱하고, 창백한 사람이었죠. 그는 악수할 때, 손을 가볍게 잡는 것이 아니라 주무르곤 했습니다. 그리고 그는 항상 미안하다는 말을 했죠. 뭔가를 부탁할 때도「미안합니다」, 줄 때도 역시「미안합니다」. 하지만 그의 여동생에 대해서 말하자면 그녀의 얼굴은 그와 완전히 정반대였습니다. 아, 먼저 당신께 말씀드려야겠군요. 제 아버님은 제가 어린 시절과 청년 시절, 지방 도시에서 교수로 근무하셨고, 우리는 지방 도시에서 함께 살았기 때문에 이 까를로비치와 저는 안면이 없는 사이였죠. 여하튼 제가 그녀와 만났을 때 그녀의 나이는 스물두 살로 단과 대학을 마치고, 그녀의 부유한 숙모와 함께 모스크바에서 2, 3년을 살고 난 후였습니다. 그녀와 인사를 나누고 함께 이야기하게 되었을 때, 무엇보다도 저를 놀라게 한 것은 그녀의 드물고도 예쁜 '아리아드나'라는 이름이었죠. 그 이름은 그녀에게 무척 어울렸습니다. 그녀는 검은 머리에, 매우 날씬하고, 또 매우 부드럽고 말할 수 없이 우아했죠. 타고난 얼굴의 격조 있는 우아함 바로 그것이었죠. 그녀의 눈동자엔 반짝임이 있었고, 그녀 오빠의 차가운 시선에 반해 아름답고 고고한 젊음으로 빛났죠. 이러한 그녀에게 저는 만남의 첫 순간 넋을 잃고 말았습니다. 강한 그녀의 첫인상으로 인해 저는 지금도 그 환상에서 헤어날 수가 없습니다. 그리고 아직도 전, 우주가 그녀를 창조했을 때, 어떤 위대하고도 놀라운 의도가 있었을 거라 생각하곤 하죠. 아리아드나의 목소리, 걸음걸이, 모자, 그리고 심지어 강변 모래밭에 남겨진 그녀의 작은 발자국, 그녀가 작은 꼬치고기를 낚았던 장소, 이 모든 것들이 제게 기쁨과 열렬한 삶의 욕구를 불러일으켰습니다. 결국 그녀의 아름다운 얼굴과 몸매는 그녀의 영혼을 판단하는 척도가 되어 버렸죠. 그리하여 저는 아리아드나의 말 한마디 한마디, 미소 하나하나에도 매료되어 그녀에게는 고귀한 영혼이 있다고 생각하게 되었습니다.

그녀는 부드럽고, 말하기를 좋아하고, 명랑하고, 사교성이 좋아 시적으로 신을 믿었고, 시적으로 죽음에 대해 논하곤 했는데, 그녀의 성품은 여러 가지 풍부한 뉘앙스를 가지고 있어 그녀의 단점은 오히려 귀여운 매력으로 받아들여지곤 했죠. 예를 들면, 만일 그녀에게 새로운 말〔馬〕이 필요한데 돈이 없다고 해 보죠. 이런 건 그녀에게 아무런 문제가 아닙니다. 이런 경우 그녀는 무엇이든 팔아 치우거나 저당을 잡히죠. 만약 그녀의 집사가 아무것도 팔거나 저당 잡힐 수 없다고 신을 걸고 맹세한다면, 그 땐 곁채의 양철 지붕을 벗겨

내어 공장에 판다거나, 아니면 가장 경기가 좋은 때 일꾼들의 말을 시장으로 내몰아 헐값으로 팔아 버릴 수도 있구요. 그녀의 이러한 방종한 생각들은 종종 집안을 절망 속으로 밀어 넣었죠. 하지만 그녀는 이러한 것들을 매우 우아하게 이야기하고, 그리고 마침내는 모든 것이 용서되고 허락되지요. 마치 여신이나 황제의 부인처럼 말이죠.

제 사랑은 무척 감동적인 것이어서 곧 모든 사람들이 알게 되었고, 모든 사람들이 저를 동정했죠. 어쩌다 제가 일꾼들에게 보드카를 대접하면 그들은 제게 절하며 이렇게 말하곤 했습니다. 「제발 신께서 도우셔서 까를로비치댁 아가씨와 결혼하시기를……」 그리고 아리아드나 스스로도 제가 그녀를 사랑한다는 것을 알고 있었죠. 그녀는 자주 말을 달리거나, 이륜마차를 타고 와서 가끔씩은 하루 종일 저와 제 아버님과 함께 시간을 보내곤 했습니다. 부친과 그녀는 매우 친한 사이가 되어, 심지어 아버님은 그녀에게 자전거 타는 법을 가르쳐 주게 되었고, 이것은 그분이 가장 좋아하는 소일거리가 되었죠. 어느 날 저녁, 그들이 자전거를 타러 나가는 모습과 아버님이 그녀를 자전거에 올려 주던 모습이 기억 나는군요. 그 때 그녀는 그토록 아름다웠는데, 마치 제게는 제가 그녀를 보듬어 두 손이 불에 덴 것처럼 화끈거림을 느꼈죠. 저는 기쁨에 떨었답니다. 그리곤 아름답고 날렵한 그들 두 사람이 집사가 몰고 오는 말과 엇갈리며 자전거를 달릴 때, 제게는 저 쪽으로 돌진하는 그녀 또한 황홀감에 취해 있는 듯했지요. 제 사랑과 저의 구애는 아리아드나 또한 감동시켜 그녀를 온순하게 만들었고, 그녀 역시 제게 열정적으로 매혹되어 제게 사랑으로 답하기를 간절히 원했었죠. 이건 얼마나 시적인 일입니까!

하지만 사랑하는 일에 대해 그녀는 저처럼 할 수 없었습니다. 왜냐하면 그녀는 냉정했고, 이미 충분히 세상 맛을 알아 버렸기 때문이죠. 그녀의 가슴속에는 이미 하나의 악마가 자리해 있었고, 아침 저녁으로 이렇게 속삭이곤 했죠. 「너는 매혹적이고, 신적이다.」라고 말입니다. 그리고 그녀는 자신이 무엇 때문에 창조되었고, 무엇 때문에 자신에게 삶이 주어진 것인지 알지 못한 채, 매우 부유하고 명성 있는 자신의 미래만을 상상하게 되었습니다. 무도회와 경마, 하인들, 호사스런 거실, 자신의 살롱, 백작들과 대공들, 유명한 화가들, 배우의 무리, 그들 모두가 그녀에게 고개 숙여 절하고 그녀의 아름다움과 몸치장에 감탄하고……, 그녀는 이런 것들에 대해 꿈꾸었죠. 이러한 허영과 권력에 대한 갈망은 그녀를 냉담하게 만들었고, 저에 대해서나, 자연에 대해서나, 그리고 음악에 대해서도 그녀는 차가워졌습니다. 그러는 사이 시간은 흘렀고, 그런데도 그녀의 백마를 탄 기사는 나타나지 않았으며 아리아드나는 그녀의 강신술사 오빠의 집에서 계속 살게 되었죠. 상황은 그녀에게 더욱 악화되어 그녀에겐 자신의 옷이나 모자를 살 돈조차 없어졌고, 그녀는 자신의 가난한 상황을 잔꾀를 부려 모면하지 않으면 안 되었죠.

언젠가 그녀가 숙모와 함께 모스크바에 살았을 때, 대공이고 부자지만 전혀 보잘것없는 인간인 마꾸뜨예프가 그녀에게 청혼한 적이 있었습니다. 물론 그녀는 단호히 거절했죠. 하지만 지금은 모든 상황이 달라졌고, 그래서 그녀는 이 일에 대해 가끔씩 후회하게 되었습니다. 마치 우리 사내들이 혐오감에 차 크바스(맥주와 비슷한 러시아 전통 음료. 역주)에 떠 있는 바퀴벌레를 '후' 불어 내지만 그래도 마셔 버리는 것처럼 그녀 또한 태연하게 얼굴을 찡그리며 대공에 대해 회상하면서도 제게 말하곤 했습니다. 「왜 아무 말씀도 하지 않으세요. 그런데 칭호에는 무언가 설명할 수 없는, 하지만 꼭 필요한 무언가가 있는 것 같아요……」

그녀는 칭호와 명예에 대해 항상 꿈꾸었지만, 그와 동시에 그녀는 저 또한 놓치고 싶지 않아했습니다. 그녀가 백마 탄 기사를 상상할 수 있었던 것처럼 그녀 마음은 돌이 아닌지라 자신의 젊음에 대해 안타까워하고 있었던 것이죠. 아리아드나는 사랑에 빠지려 애썼고, 저를 사랑하는 척했으며 심지어는 사랑의 맹세까지도 거침없이 했습니다. 하지만 저, 감수성이 예민하고 동정심이 많은 저는, 누군가 나를 사랑할 때면 비록 멀리 떨어져 있고 확신에 찬 맹세가 없다 하더라도 그것을 느낄 수 있죠. 그런데 그녀가 사랑을 얘기할 때면 전 차가움을 느꼈고 마치 종달새의 멜랑콜리한 노래를 듣는 듯한 기분을 맛보곤 했죠. 아리아드나 자신도 그녀에게 열정이 부족함을 느끼고, 그것에 대해 화가 나 있었고, 그 때문에 그녀가 우는 것을 본 적이 한두 번이 아닙니다. 그리고 한번은, 상상하실 수 있겠습니까. 그녀가 갑자기 저를 끌어안고 입맞추었죠. 이것은 저녁때 강변에서의 일이었는데 그 때 저는 확실히 보았죠, 그녀가 절 사랑하지 않고, 단순히 호기심에서 그리고 자신이 젊다는 것을 느껴 보기 위해 절 안았다는 것을 말이죠. 그래서 저는 무서운 짓을 저지르고 말았습니다. 저는 두 손으로 그녀를 꼭 잡고 절망에 찬 눈으로 이렇게 말했죠.

「사랑이 없는 애무는 제게 고통을 줄 뿐입니다!」

「당신이 이럴 수가……, 당신 너무하세요!」

그녀는 노여움에 차 이렇게 말하곤 자리를 떠나 버렸죠.

그리고 1, 2년 후 저는 그녀와 결혼할 수도 있었고, 그러면 이 이야기도 끝이 나 버렸겠죠. 하지만 운명은 이 이야기를 다른 길로 인도했습니다. 이런 일이 일어났습니다. 저희의 지평선에 새로운 인물이 나타난 것이죠. 아리아드나의 오빠에게로 그의 대학 동창인 루브꼬프 미하일 이바노비치가 며칠 묵으러 왔던 겁니다. 좋은 사람이었고 하인들은 그에 대해서 「바-아-쁜 사람」이라고 말했죠. 중키 정도의 마르고 대머리인 그의 얼굴은 선량한 부르주아의 그것처럼 재미는 없지만 단정하고, 창백했으며 날카로운 콧수염을 하고 있었죠. 그의 목에는 거위의 피부처럼 부스럼이 나 있었고, 커다란 목젖을 하고 있었죠. 그는 넓고 검은 줄이 달린 코안경을 쓰고 다녔고, 발음이 분명치 않아 'ㄹ'발음을 못 했었죠. 예를 들면 '스젤랄'('했다'라는 뜻. 역주)이라는 단어를 그는 '스제바브'라고 발음했습니다. 그는 언제나 명랑했고, 그에게는 모든 것이 재미있었죠. 그는 바보스럽게도 스무 살의 나이로 결혼해, 지참금으로 모스크바와 데비치 근교에 있는 두 채의 집을 받았는데, 수리를 하고 수영장을 짓다 그만 파산하고 말았죠. 그래서 그의 아내와 4명의 아이들은 호텔의 숙박료가 가장 싼 방들을 전전하며 궁핍을 견디고 있었고, 그가 그들을 먹여 살려야 했는데, 이것이 그에겐 어이없는 일이었죠. 그는 36세, 아내는 42세이었던 것도 그에게는 우스웠구요. 오만하고, 특히 귀족적인 사치들로 잘난 체하는 그의 어머니는 그의 아내를 경멸했고, 그래서 개와 고양이 무리를 앞세우고 그들과 따로 살았답니다. 그래서 그는 매달 어머니에게 75루블씩을 주어야 했죠. 그리고 그 또한 뛰어난 감각의 소유자인지라 아침은 슬라뱐스끼 바자르(모스크바의 유명한 고급 식당, 호텔 중 하나. 역주)에서 먹기를 좋아했고, 저녁은 에르미따쉬(모스크바의 고급 식당. 역주)에서 먹기를 즐겼습니다. 그에게는 돈이 아주 많이 필요했지만 그의 숙부는 그에게 1년에 2천 루블씩밖에 주지 않아 항상 돈이 부족했고, 그래서 그는 하루 종일 시쳇말로 혀를 빼물고 모스크바 구석구석을 뛰어다니며 돈을 빌릴 수 있는 곳을 찾아 헤매곤 했습니다. 이것 또한 그에게 우스운 일이었죠. 그의 말을 빌면, 그는 일상 생활에서 벗어나 자연에서 휴식을 취하기 위해 까를로비치에게로 온 것이었습니다. 점심과 저녁 식탁에서, 그리고 산책길에서 그는 우리들에게 자신의 아내와 어머니, 채권자들과 법정의 예심관들에 대해 이야기했고, 그들을 비웃곤 했습니다. 스스로를 조롱하면서 그는 자신이 돈을 빌릴 수 있는 이 능력 덕택에 많은 유쾌한 만남들을 가질 수 있었다고 역설했죠. 그는 웃기를 멈추지 않았고, 저희들 또한 웃었죠. 그가 온 후 저희들은 시간을 다르게 보내게 되었습니다. 그는 침착하다기보다는 무사태평한 그런 사람이었죠. 그는 낚시와 물고기들과 저녁 산책, 그리고 버섯따기를 좋아했습니다. 그러나 루브꼬프가 가장 좋아했던 것은 피크닉, 테니스, 사냥개를 동반한 사냥이었죠. 그는 일주일에 세 번쯤 피크닉을 갔는데 그 때마다 아리아드나는 진지하고 들뜬 얼굴로 종이조각에 굴, 샴페인, 초콜릿, 사탕이라고 적어 저를 모스크바로 보냈죠. 물론 제게 돈이 있는지 없는지 물어 보지 않은 채 말입니다. 피크닉에서는 건배의 말들과 웃음, 그리고 또다시 늙은 아내와 어머니가 기르는 살찐 개들, 사랑스러운 채권자들에 대한 즐거운 이야기들…….

    루브꼬프는 자연을 사랑했죠. 하지만 그는 자연을 바라볼 때, 무언가 오래 전부터 보아 오던 것을 보는 듯했고, 뿐만 아니라 자연은 그보다 훨씬 낮은 존재이고 단지 그의 만족감을 위해서만 창조된 것처럼 여겼습니다. 그가 어떤 장엄한 풍경을 대하게 될 때면 그는 이렇게 말하곤 했죠.

    「여기서 차 한잔 마시면 좋을 텐데!」

    하루는 멀리서 양산을 쓰고 지나가는 아리아드나를 바라보며 이렇게 말했습니다.

「저 여자는 말랐어. 그래서 내 마음에 든단 말이야. 나는 살찐 여자는 싫어하지!」

이것이 저를 말할 수 없이 불쾌하게 만들었습니다. 저는 그에게 내 앞에서 여자들에 대해 그런 표현을 쓰지 말아 달라고 부탁했죠. 그는 저를 놀란 눈으로 쳐다보며 말했죠.

「내가 날씬한 여자를 좋아하고, 뚱뚱한 여자를 싫어한다는 게 뭐가 기분 나쁜가?」

저는 아무 대답도 하지 않았습니다. 얼마 후, 그는 거나하게 취해 아주 유쾌한 기분으로 제게 말을 건네 왔죠.

「난 아리아드나 그리고리예브나가 자네를 마음에 두고 있다는 것을 눈치챘네. 그런데 자네에게 놀라운 것은 왜 자네가 멍청히 입 벌리고 바라보고만 있느냐 하는 거지.」

저는 이 말들로 인해 불편해졌고, 그래서 허둥지둥 사랑과 여성에 대한 의견을 피력했죠.

「모를 일이구만……,」 그는 깊은 한숨을 내쉬며 말을 이었죠.

「내 생각으론 여자는 있는 그대로의 여자일 뿐이고, 남자 또한 있는 그대로의 남자일 뿐이지. 자네 말마따나 아리아드나 그리고리예브나를 시적이고 고결하다고 생각하게. 하지만 그것이 그녀가 자연의 법칙 밖에 있다는 것을 의미하는 것은 아니야. 자네도 잘 알다시피 지금 그녀에겐 남편이나 연인이 필요한 나이야. 나도 자네 못잖게 여자들을 존중하지만, 누구나 알고 있는 그렇고 그런 연인들의 관계가 시를 앗아 가는 것은 아니라고 생각하네. 시는 시대로, 연인은 연인대로, 농사도 마찬가지지. 자연은 자연의 아름다움대로, 숲이나 들판에서 얻는 수입은 수입대로 말이지.」

그리고 언젠가 제가 아리아드나와 함께 작은 물고기를 잡고 있을 때, 루브꼬프는 저를 놀려 대면서 제가 어떻게 살아야 하는지를 가르쳐 주었습니다.

「놀라워 자네. 자네는 어떻게 로맨스 없이 살 수가 있나!」 그가 말했죠.

「자넨 잘생겼고, 재미있는 사람이고 한마디로 말해 어딜 보나 사낸데 마치 수도사처럼 살고 있으니……. 오, 스물여섯 살짜리 영감이라니! 나는 자네보다 거의 10년이나 나이를 더 먹었네. 그런데 우리 중 누가 더 젊은가? 누굽니까, 아리아드나 그리고리예브나?」

「물론 당신이죠.」 그에게 아리아드나가 대답했습니다. 그리고 저희의 침묵과 저희들이 낚시 찌만을 주시하고 있는 것에 지루해진 그는 집으로 돌아갔죠. 그 때 그녀가 화가 난 듯 이렇게 말했습니다.

「정말, 당신은 남자가 아니고, 어떤, 용서하세요. 우유부단한 사람이에요. 남자라면 즐겨도 보고, 이성도 잃어 보고, 실수도 하고 괴로워해야 해요! 여자는 당신의 불손한 행동과 뻔뻔함은 용서해도, 당신의 그 신중함은 이해하지 않을 거예요!」

그녀는 정말로 화를 내어 계속 말했죠.

「성공을 거두기 위해선 용감하고 결단력이 있어야 해요. 루브꼬프는 당신처럼 잘생기지는 않았지만 당신보다 재미있어요. 그리고 그는 당신 같지 않기 때문에 언제나 여자들과의 관계에서 성공을 거둘 거예요. 그는 남자니까요…….」

심지어 그녀의 목소리에는 울분조차 담겨 있었죠. 그러던 어느 날, 저녁 식탁에서 그녀는 제게로 얼굴을 돌리지 않은 채, 만약 자신이 남자였다면 시골에서 썩지 않고 여행을 떠났을 거라고, 겨울에는 어디든 외국에서, 예를 들면 이탈리아 같은 곳에서 살았을 거라고 얘기했습니다.

「아, 이탈리아! 그 곳에서 제 아버지는 우연히 불 속에 기름을 끼얹었었지요.」

루브꼬프는 그 곳이 얼마나 좋은 곳이며, 자연은 또 얼마나 기가 막히며, 어떤 박물관들이 있는지 등등 이탈리아에 대해 오랫동안 이야기했습니다. 아리아드나에게는 갑자기 이탈리아에 가 보고 싶은 충동이 불타올랐죠. 그녀는 주먹으로 탁자를 치며 두 눈을 반짝이기 시작했답니다.

「떠나자!」

그 후 이탈리아에서 얼마나 재미있는 일들이 일어날 것인가에 대한 대화가 이어졌죠.

「아, 이탈리아! 그래, 바로 그 곳이야.」

그리고 매일 아리아드나가 어깨 너머로 흘깃 저를 쳐다볼 때면, 저는 그녀의 차갑고 고집스러운 표정 속에 그녀는 이미 자신의 상상 속에서 이탈리아와 자신의 살롱과 유명한 관광객들을 정복했음과 이제 그녀를 붙잡기란 불가능하다는 것을 알게 되었죠. 저는 그녀에게 여행을 1, 2년 뒤로 미룰 것을 충고했지만 그녀는 차갑게 이맛살을 찌푸리며 말했습니다.

「당신은 원래 영감님처럼 신중한 분이시잖아요.」

루브꼬프 또한 여행에 동참하겠다고 나섰죠. 그는 말하기를, 모든 것은 아주 값싸게 해결될 것이고, 기꺼이 이탈리아로 떠나 이 곳에서 지친 일상의 삶으로부터 휴식을 취하고 싶다고 말했죠. 저는 인정하건대, 마치 순진한 고등학생처럼 굴었습니다. 저는 질투심에서가 아니라, 무언가 무섭고 예사롭지 않은 일이 일어날 거라는 예감에 가능한 한 그들을 단둘이 남겨 놓지 않으려 애썼습니다. 그리고 그들은 그런 저를 놀려 댔죠. 예를 들면, 제가 방으로 들어가면 그들은 방금 키스를 한 척하곤 했습니다.

그러던 어느 화창한 날 아침, 그녀의 강신술사 오빠가 제게 찾아와 조용히 이야기를 나누고 싶다고 했습니다. 그는 그의 학벌과 나약함에도 불구하고 누구에게 온 편지이든 상관없이 그의 눈에 띄일 경우 그것을 읽어 버리는 사람이었습니다. 그래서 그가 막 말을 시작했을 때, 그가 우연히 루브꼬프가 아리아드나에게 쓴 편지를 읽었음을 인정했습니다.

「이 편지로 나는 그 애가 머지 않아 외국으로 떠난다는 것을 알게 되었네. 여보게, 나는 지금 매우 걱정이 된다네. 제발 내게 설명 좀 해 주게. 나는 아무것도 이해할 수가 없어!」

그가 이것에 대해 이야기할 때 그는 거칠게 숨을 쉬었는데, 바로 제 얼굴에 대고 숨을 내쉬는 통에 그에게서 삶은 쇠고기 냄새가 났었죠.

「미안하네만, 난 자네에게 이 편지의 비밀을 알려야겠네.」 그가 신중한 얼굴로 말을 이었습니다.

「자네는 아리아드나 친구이고 그 애는 자네를 존경하네. 어쩌면 자네가 뭐든 알고 있을지 모르겠구먼. 그런데 그 애는 누구와 함께 떠나려는 건가? 루브꼬프도 그 애와 함께 떠날 차비를 한다던데. 미안하네만, 루브꼬프의 입장에서 본다면 이상한 일 아닌가. 그는 결혼한 사람이고, 아이들도 있고 그런데도 불구하고 그는 이것을 사랑이라고 설명하고 아리아드나를 〈너〉라고 부르네. 미안하지만 이상하지 않은가!」

저는 차갑게 식었고, 손발이 마비되었으며 가슴이 바늘에 찔리는 듯한 통증을 느꼈죠. 까를로비치는 맥이 빠져 안락의자에 주저앉아 손을 덩굴줄기처럼 내려뜨렸습니다. 「그렇다면 제가 무엇을 할 수 있습니까?」 제가 물었죠.

「설득시키는 거지……. 잘 생각해 보게. 그 애에게 루브꼬프가 될 말인가? 그가 그 애에게 짝이 될 수 있냐고? 오, 세상에 이건 끔찍한 일이야. 이렇게 끔찍할 수가!」 그는 자신의 머리를 움켜쥐고 주문을 외듯 중얼거렸습니다.

「그 애에게는 그렇게 훌륭한 짝들, 마꾸뜨예프 대공이나 다른 사람들이 있는데, 대공은 그녀를 끔찍이 좋아하고, 지난 주 수요일, 예전에 고인이 된 조부 일라리온이 긍정적으로, 마치 2곱하기 2처럼 아리아드나가 그의 짝이 될 것이라고 확언했다네. 확실하네! 조부 일라리온은 이미 돌아가셨지만 그는 놀랄 만큼 똑똑한 분이지. 나는 그의 영혼을 매일 부른다네.」

그와의 만남 이후로 저는 한잠도 자지 못했고, 제 머리에 총을 쏘고 싶었습니다. 아침에 저는 다섯 통의 편지를 쓰고 그것을 다시 조각조각 찢어 버리고, 큰 소리로 흐느껴 울다가는 아버지 몰래 돈을 꺼내 인사도 하지 않은 채 까프까즈로 떠났습니다.

물론 여자는 여자일 뿐이고, 남자는 남자일 뿐이지만 우리 시대에 과연 모든 게 그렇게 태곳적부터 간단한 것이었을까요. 문화인이고, 복잡한 심리 구조를 가지고 태어난 제가 과연 저의 한 여자에 대한 강한 감정을 육체적인 것으로 설명해야 하는 것일까요. 오, 이건 정말 끔찍한 일입니다! 제게는 본능에 대항해 싸우는 이성이 마치 적과 싸우듯 육체적 사랑에 대항해 싸운다고 생각되었고, 만약 그 이성이 육체적 사랑에게 승리를 거두지 못하고 친밀한 관계나 사랑이라는 환상의 올가미에 걸려들게 된다면, 적어도 제게는 이 사랑이 마치 개나 개구리처럼 저의 동물적 기관으로 향해진 본능이 아니라, 진정한 사랑이고, 매번의 포옹 또한 감동적으로 깨끗하고 진실한 감정의 폭발로, 여성에 대한 존경으로 나타날 수 있는 그런 포옹이 되는 것이라 생각되었습니다. 사실, 동물적 본능에 대한 혐오는 수세기 동안 수세대에 걸쳐 교육되었고, 그것은 제 피를 따라 흐르고 제 조직의 한 부분으로 되어 있어, 만일 제가 지금 사랑을 미화시킨다면, 그것은 현 시대에 제 귀뼈가 움직이지 않고, 제가 털로 덮여 있지 않다는 것만큼 자연스럽고 보기 좋은 것 아니겠습니까. 요즘 세대의 사랑에 있어 도덕적이고 시적인 요소의 부재가 마치 격세유전의 현상처럼 냉대받고 있기 때문에 저는 대부분의 문화인들이 이렇게 생각할 것이라고 여기고 있습니다. 사람들은 말하기를, 이것이 수많은 광기의 탄생 징후라고들 하죠. 사실 사랑을 미화시킨다는 것은 우리가 사랑하는 대상에 대해 그들이 가지고 있지 않은 미덕을 만들어 내는 것이고, 이것은 반복되는 실수와 고통을 낳습니다. 하지만 제 생각으론 여자는 여자일 뿐이고, 남자는 남자일 뿐이라는 사실로 자신을 위로하는 것보다는 괴로워하는 편이 더 나을 것이라 여겨지는군요.

저는 찌플리스에서 부친에게서 온 편지를 받았습니다. 아버지는 아리아드나가 어느 날엔가 겨울을 날 속셈으로 외국으로 떠났다고 썼더군요. 한 달 후 저는 집으로 돌아갔습니다. 벌써 가을이었구요. 아리아드나는 매주 아버지에게 매우 재미있노라고, 향기로운 종이에 훌륭한 문학어로 쓴 편지를 보내 왔습니다. 그래서 저는 지금도 모든 여자들은 작가가 될 수 있다고 생각합니다. 아리아드나는 그녀가 쉽게 자신의 숙모와 화해했으며 여비로 천 루블을 부탁했고, 함께 떠날 것을 설득하기 위해 늙은 노파인 먼 친척을 모스크바에서 혼자의 몸으로 어떻게 찾아 내었는가에 대해 매우 자세하게 썼습니다. 이 장황하고 면밀한 묘사는 이미 이것이 꾸며 낸 사실이라는 것을 증명했고, 저는 물론 그녀에게 어떤 여자 동행인도 없다는 것을 알았죠. 얼마 후, 저 역시 그녀로부터 향기 나는 종이에 쓰여진 문학적인 편지를 받았습니다. 그녀는 제 아름답고, 총기 있는, 사랑에 빠진 눈동자를 그리워한다고 썼고, 저는 제 젊음을 헛되이 시골에서 썩히고 있다고 질책했습니다. 하지만 그 때 종려나무 아래에서 오렌지 향을 맡으며 천국에서 사는 그녀와 제가 어떻게 조금이라도 비슷해질 수 있었겠습니까?

그리고 이렇게 서명했더군요.

'당신에게 버림 받은 아리아드나.'

그리고 이틀 후 그런 류의 또다른 편지가 왔습니다. 서명은 '당신에게 잊혀진'. 저는 괴로웠습니다. 저는 그녀를 무섭도록 사랑했고, 매일 밤 그녀의 꿈을 꾸는데 '버림 받은', '잊혀진'이라니――이것은 도대체 무엇에게? 무엇 때문에?――게다가 시골의 적막함, 긴긴 밤, 루브꼬프에 대한 결말이 나지 않는 생각들……, 아무것도 모른다는 사실이 저를 괴롭혔고, 밤이고 낮이고 저를 그 곳으로 떠나도록 부추겨 마침내는 참기 어려워졌습니다. 저는 더 이상 참지 못하고 길을 떠났죠.

아리아드나는 저를 아바찌야 씨로 불렀습니다. 저는 비가 온 후, 아직도 빗방울이 나무에 매달려 있는 청명하고 따뜻한 날, 그 곳에 도착해 아리아드나와 루브꼬프가 사는 데펜당세(곁채. 원문 불어 표기. 역주), 무슨 거대한 막사 같은 곳에 멈추어 섰습니다. 그들은 집에 없었죠. 저는 그 곳에 있는 공원을 향해 가로수 길을 따라 이리저리 어슬렁거리다 한 곳에 자리를 잡았죠. 두 손을 뒷짐 진 채 서 있었고, 우리 나라 장군들이 입는 것과 같은 폭이 넓은 세줄무늬 바지를 입은 오스트리아 장군이 제 앞을 지나갔습니다. 그리고 어린아이를 태운 유모차가 축축한 모래 위에 바퀴자국을 내며 지나가기도 했구요. 황달 걸린 더러운 노인, 영국인의 무리, 카톨릭 사제, 그리고 다시 오스트리아 장군……, 그리고 막 피우메에서 돌아온 군악대가 관악기들을 들고 초소 쪽으로 음악을 연주하며 느릿느릿 걸어갔습니다. 그런데 당신은 혹, 아바찌야에 가 보신 적이 있나요? 그 곳은 악취가 풍기고, 비가 온 후에는 고무신 없이 절대 걸어다닐 수 없는, 거리가 하나밖에 없는 슬라브의 작은 도시입니다. 저는 무척 많이 그리고 매번 애정을 가지고 이 겨울 낙원이라는 곳에 대해 읽었었습니다. 하지만 바지를 조금 걷어올리고, 좁은 길을 조심스레 건너고, 제가 러시아 인임을 알아보고 '4'와 '20'을 러시아 어로 말했던 노파로부터 그저 지루함 때문에 질긴 배를 산 후, 그리고 멍청해져서 스스로에게 내가 지금 어디로 가야 하는지, 그리고 무엇을 해야 할지를 물어 보았을 때, 그리고 이 곳에서도 저처럼 기만당한 러시아 인을 필연적으로 만날 것이라고 생각했을 때, 저는 화가 나고 부끄러워졌죠. 아, 그리고 그 곳엔 거리를 따라 기선들과 여러 빛깔의 돛을 단 작은 돛배들이 오가는 곳에 조용한 만이 있습니다. 그 곳에선 피우메와 연보랏빛 안개로 덮인 섬들이 보이죠. 만약 호텔과 탐욕스런 소상인들이 푸른 해변 전역에 세운 어리석은 건물, 그들의 데펜당세가 그 만의 전경을 차단하지 않았다면 한 폭의 그림 같을 텐데 말입니다. 그래서 당신은 그 곳의 창문 외에는 천국의 많은 부분들을 보실 수 없습니다. 테라스, 그리고 흰 탁자들과 검은 연미복을 입은 종업원들이 있는 작은 광장을 말이죠. 그리고 지금 그 곳엔 외국의 휴양지에서 흔히 찾을 수 있는 공원이 있지요. 어둡고 움직이지 않는 침묵한 종려나무들의 초록빛, 그리고 가로수 길의 환한 노란빛의 모래, 녹색의 벤치들, 노호하는 군악대의 반짝이는 나팔, 그리고 장군의 붉은 색 줄무늬 바지……. 이 모든 것들에 10분이면 충분히 지겨워집니다. 하지만 만약 당신이 무슨 이유에서든 이 곳에서 10일, 아니 10주를 살아야 한다면! 어쩔 수 없이 이 요양지를 배회하는 동안, 저는 점점 더 확실히 이 곳이 기호(嗜好)와 감각과 희망이 뚜렷하지 않고 활기 없는, 미진한 상상력을 가진 부유하고 배부른 사람들에게는 매우 불편하고 답답한 곳이라는 사실에 확신을 갖게 되었습니다. 그러고 보면, 호텔에서 묵기엔 돈이 없고, 닥치는 대로 사는 늙거나 젊은 관광객들은 몇 배나 행복하죠. 높은 산의 초원 위에 누워 바다를 감상하고, 걷고, 숲과 시골을 가

아리아드나

까이에서 접하고, 관습을 음미하고, 그들의 노래를 듣고, 이 곳 여자와 사랑에 빠지고…….

제가 공원에 앉아 있는 동안 날은 이미 어두워졌고, 황혼 녘에 제 아리아드나, 우아하고 공주처럼 차려 입은 아리아드나가 나타났습니다. 그녀의 뒤로 모두 새 것으로, 넓은, 아마도 빈에서 샀을 법한 옷을 입은 루브꼬프가 걸어오고 있었죠.

「여기서 뭐하시는 거요?」 루브꼬프는 물었죠.
「제가 당신에게 무슨 일을 저질렀나요.」

저를 발견한 그녀는 기쁨에 찬 목소리로 탄성을 올렸죠. 만약 이 만남이 공원에서가 아니었다면 아마 그녀는 제게 달려와 목을 끌어안았을 겁니다. 그녀는 제 손을 꼭 잡고 웃었죠. 저 또한 웃었지만 하마터면 기쁨으로 울 뻔했습니다. 질문이 시작되었습니다. 시골은 어떤지, 아버지는, 제가 그녀의 오빠를 보았는지, 등등. 그녀는 제게 눈동자를 마주치게 하고, 제가 작은 물고기들과 우리의 사소한 말다툼들, 그리고 피크닉을 기억하는가에 대해 물었습니다.

「진심으로 그 땐 모든 게 정말 좋았어요.」 그녀가 깊은 숨을 내쉬었죠.

「하지만 저희는 이 곳에서도 지루하지 않게 살아요. 알고 지내는 분들도 많이 있구요. 내 소중한, 좋은 분! 내일 제가 당신께 한 러시아 가족을 소개시켜 드릴게요. 그런데 단지, 부탁이니 다른 모자를 사 쓰세요.」 그녀는 저를 훑어보곤 눈살을 찌푸렸습니다.

「아바찌야는 시골이 아니에요. 여기 사람들처럼 해야 한다구요.」

그리고 저희들은 레스토랑으로 향했죠. 아리아드나는 계속 웃고 장난하고 저를 소중한, 좋은, 영리한 분이라고 불러서 제가 그녀와 함께 있다는 것을 제 눈으로 믿을 수 없었습니다. 그렇게 저희는 11시까지 앉아 있었고, 매우 기분이 좋아서 저녁 식사를 한 후 헤어졌죠. 그리고 다음 날 아리아드나는 약속대로 러시아 인 가족을 제게 소개시켜 주었습니다.

「저명한 교수님의 자제분이시고, 저희 영지의 이웃이죠.」

그녀는 이 가족들과 영지와 추수에 대해서만 이야기했는데 그 때마다 저를 증인으로 내세우곤 했죠. 그녀는 자신이 매우 부유한 지주인 것처럼 행동했고, 사실 그녀는 성공했습니다. 그녀의 출생 신분처럼 그녀는 진짜 귀족같이 훌륭히 행동했습니다.

「그런데 숙모는 어때요?」 갑자기 그녀는 미소 띤 얼굴로 저를 바라보며 말했습니다.

「우리는 그녀와 조금 다퉜죠. 그리고 그녀는 메란으로 떠났구요. 어때요?」

잠시 후 저는 그녀와 공원을 산책하며 물었습니다.

「아까 어떤 숙모님에 대해 얘기하셨습니까? 숙모님이 또 계신가요?」

「그건 위험을 모면하기 위한 거짓말이었어요..」 아리아드나는 미소 지었습니다.

「제가 숙모님 없이 여기 있다는 것을 그들이 알아선 안 되거든요.」

잠시 침묵이 흐른 뒤, 그녀는 제 손을 꼭 쥐고 말했습니다.

「내 소중한 친구, 루브꼬프와 친해지세요! 그는 참 불행한 사람이에요. 그의 아내와 어머니는 한마디로 끔찍한 사람들이지 뭐예요.」

그녀는 루브꼬프에게 존대말을 썼고, 그와 헤어져 잠자리에 들 때, 제게 하는 것처럼 「내일 뵈요!」라고 인사했죠. 다행히도 그들은 다른 층에 살고 있었습니다. 그것은 제게 이 모든 것은 보잘것없는 일이고, 그들 사이엔 어떤 로맨스도 없었다는 희망을 주었으며 그래서 제겐 루브꼬프를 만나는 것이 조금 편해질 수 있었죠. 그래 하루는 그가 제게 30루블을 꿔 달라고 했을 때, 기꺼이 그에게 돈을 내어주었습니다.

매일 저희들은 산책, 그저 산책만을 했습니다. 공원을 어슬렁거리고, 먹고, 마시고, 그리고 매일 러시아 인 가족과의 대화……. 저는 조금씩 조금씩 제가 공원으로 들어서면 그곳에서 필연적으로 황달기 있는 노인과 카톨릭 사제와 항상 카드를 가지고 어느 곳에서나 앉기만 하면 카드 점을 보는 오스트리아 장군을 만나는 것에 익숙해졌습니다. 그리고 음악은 항상 같은 것이 들려 왔지요. 시골 집에서는 제가 피크닉을 가기 위해 부산히 움직이거나, 낚시질할 때 농민들에게 부끄럽다는 느낌이 들었었는데, 여기서는 일하는 하인들이나 마부들, 그리고 마주치는 일꾼들을 볼 때면 부끄러워지곤 했습니다. 제겐 마치 그들이 저를 바라보며 이렇게 생각할 것이라 여겨졌죠.

「너는 왜 아무 일도 하지 않니?」

저는 매일 아침부터 저녁까지 이 부끄러움을 느꼈습니다. 이상하고 유쾌하지 못한 천편일률적인 시간들은 단지 하나의 사건, 루브꼬프가 제게서 한 번은 백, 그리고 또 한 번은 오십 굴덴(네덜란드의 화폐 단위. 역주)을 빌려 갔을 때만 변화할 수 있었습니다. 그는 마치 마약 중독자가 마약을 통해 생기를 얻듯 돈으로부터 활력을 되찾아 아내와 자신과 자신의 채권자들을 소란하게 비웃곤 했습니다.

그렇게 우기가 지나고, 싸늘해졌습니다. 저희들은 이탈리아로 떠났고, 저는 아버지에게 제발 800루블을 송금해 줄 것을 부탁하는 전보를 보냈습니다. 저희는 베네치와 볼로니에, 플로렌츠에서 머물렀고, 그 때마다 저희들은 반드시 각각의 개인에게 조명과 하인과 난방 아침 식사, 그리고 공동 식당이 아닌 곳에서 하는 점심 식사를 할 수 있는 그런 호텔에서 묵었습니다. 저희들은 엄청나게 많이 먹었죠. 아침에는 저희들에게 최고의 커피가 주어졌고, 그리고 1시에 하는 아침 식사에는 고기, 생선, 이름을 알 수 없는 것이 든 오믈렛, 치즈, 과일, 포도주, 그리고 6시에 하는 점심 식사에는 8가지 음식으로, 긴 중간 휴식들을 몇 번 가지면서 몇 시간에 걸쳐 맥주와 포도주를 마시곤 했습니다. 9시에는 차. 그리고 자정 전 아리아드나가 시장함을 알려 왔으므로 햄과 달걀 반숙을 주문했습니다. 그리고 저희들은 무작정 그녀와 함께 먹었죠. 그리고 식사 시간 사이의 시간에는 항상 아침, 점심 식사에 늦지 않을까를 생각하면서 박물관과 전시회들을 뛰어 다녔죠. 저는 그림들 앞에서 우울해했고, 집으로 돌아가 쉬고 싶었고, 피로에 지쳐 눈으로는 의자를 찾으면서도 사람들 앞에서는 뻔뻔스럽게 말했죠.

「정말 매력적이야! 공기는 또 얼마나 신선한지!」

배부른 이무기 같은 저희들은 단지 반짝이는 것들에만 눈을 돌려서, 상점들의 창은 우리를 마취시켰고, 가짜 브로치나 불필요하고 하찮은 물건들에 매혹당해 물건을 충동구매하곤 했죠.

로마에서도 마찬가지였습니다. 비가 왔고, 찬바람이 불었죠. 기름진 아침 식사 후 저희들은 표뜨르 성당을 구경했는데, 포만감 때문이었는지 아니면 나쁜 날씨 때문이었는지 아무튼 저희들에게는 아무런 감흥도 일으키지 못했고, 저희들은 예술에 대한 냉담함에 대해 서로서로를 욕하다가 하마터면 싸울 뻔하기도 했습니다.

아버지로부터 돈이 왔습니다. 저는 그것을 받으러 갔는데, 아, 기억납니다. 아침이었어요. 루브꼬프가 저와 함께 갔죠.

「과거가 있을 때 현재는 완벽하게 행복할 수 없는 일이야.」

그가 말했죠.

「내겐 과거로부터 목에 커다란 짐이 매달려 있다네. 그건 그렇고, 돈이 생길 텐데, 나쁜 일은 아니지, 옛날 속담에 아무것도 가진 게 없을 때 제일 행복하다고 했지만 말이야……. 내겐 겨우 8프랑밖에 남지 않았다는 걸 믿을 수 있겠나?」 그는 낮은 목소리로 계속 중얼거렸습니다.

「게다가 난 아내에게 백, 어머니에게 백을 보내야 한단 말일세. 그래, 그리고 여기서도 살아야 하고. 아리아드나는 아직 어린애야. 그녀는 곤경에 처하기는 원치 않으면서도 공작의 딸처럼 돈을 낭비하고 있어. 왜 어제 그녀가 시계를 샀겠나? 그리고, 말해 주게. 왜 우리가 이렇게 착한 아이들처럼 이런 연극을 함께 해야 하나? 나와 그녀는 하인들과 아는 사람들로부터 우리 관계를 숨기기 위해 하루에 10~15프랑이나 불필요한 돈을 지불해야 하네. 내가 방을 하나 더 차지해야 하기 때문에 말이야. 도대체 왜 이래야 하는 건가?」

날카로운 돌이 제 가슴을 찍어 내렸습니다. 이젠 제게 모든 것이 명확해졌고, 저는 온몸이 싸늘하게 식어 감을 느끼며 그 순간 결정을 내렸지요. 그들 둘 다 쳐다보지도 말고, 그들로부터 도망쳐 빨리 집으로 돌아가자고…….

「여자와 만나기란 쉬운 일이야.」 루브꼬프가 계속 말을 이었죠.

「여자란 옷을 벗길 때에만 의미가 있을 뿐이고, 그 다음부턴 정말 모든 게 힘들어! 이런 엉터리가 있나!」

제가 받은 돈을 세고 있을 때, 그가 말했습니다.

「만약 자네가 내게 천 프랑을 꿔 주지 않는다면 나는 죽고 말 거야. 자네의 이 돈이 내게는 유일한 수단이라구.」

제가 돈을 건네자 그는 즉시 생기를 찾았고, 아내에게 자신의 비밀 주소를 가르쳐 주어야만 했던 자신의 숙부를 괴짜라고 놀리며 웃기 시작했죠. 호텔로 돌아와 저는 짐을 챙기고 모든 요금을 지불했습니다. 남은 것은 아리아드나와 작별하는 것뿐이었죠. 저는 그녀의 방 문을 노크했습니다.

「들어오세요.」

그녀의 방은 아침의 무질서함을 적나라하게 보여 주고 있었습니다. 탁자 위에는 다기, 다 먹지 않은 빵 조각, 달걀 껍질, 숨이 막힐 듯 강한 향수 냄새. 침대는 정돈되어 있지 않았고 거기서 두 사람이 잤다는 것을 확연히 들여다볼 수 있었습니다. 아리아드나는 조금 전 침대에서 일어나 플란넬 블라우스에 머리도 빗지 않은 모습이었죠.

저는 인사하고, 그녀가 머리카락을 정돈하려 애쓰는 동안, 잠시 아무 말 없이 앉아 있었습니다. 그리고 떨리는 목소리로 물었죠.

「왜……, 저를, 무엇 때문에 이 곳으로, 외국으로 불렀나요?」

그녀의 표정으로 볼 때, 그녀는 제가 무얼 생각하는지 이미 짐작하고 있었고, 제 손을 잡고 말했죠.

「전, 당신이 그 곳에 그냥 계셨으면 했어요. 당신은 그렇게 고결하신데!」

전 제 자신의 흥분과 떨림으로 인해 부끄러워졌습니다. 그리고 갑자기 눈물이 났죠. 저는 더 이상 한마디도 않은 채 밖으로 나왔고, 한 시간 후 저는 기차에 몸을 싣고 있었습니다. 기차를 타고 오는 동안 저는 내내 임신한 아리아드나를 상상했고, 그런 그녀는 끔찍했습니다. 그리고 역에서 보았던 모든 여자들이 왠지 제게는 모두 임신한 여자처럼 여겨졌고, 또한 끔찍했으며 안타까웠습니다. 저는 탐욕스럽고 광적인 욕심쟁이가 자신의 모든 5루블짜리 지폐가 위조 지폐임을 알았을 때의 상황에 처해 있었던 것이죠. 그렇게 오랫동안 간직해 두었던 깨끗하고 우아한 모습들, 제 따뜻한 사랑, 계획들, 희망들, 추억들, 사랑과 여성에 대한 나의 견해······. 이 모든 것이 지금은 저를 비웃고 혀를 내민 것이죠. 아리아드나, 저는 치를 떨며 자신에게 묻기 시작했습니다. 이 젊고, 매력적이고, 아름답고 지적인 아가씨, 상원의원의 딸인 그녀가 그런 평범하고 저속한 남자와 관계를 맺다니? 그런데 왜 루브꼬프가 그녀를 사랑해서는 안 되는 것일까? 저는 제게 대답했습니다. 그가 나보다 못한 건 또 뭔가? 그래 그녀가 누굴 사랑하든 내버려둬, 그런데 거짓말할 필요는 없잖아? 아니야, 왜 그녀가 내게 모든 걸 말해야 돼? 등등. 모두 이런 식으로 멍청해질 때까지 전 질문하고 대답했죠. 그런데 열차 안은 매우 추웠습니다. 저는 1등 칸에 앉아 있었는데 한 소파에 세 명씩 앉아 있게 되어 있었고, 두 명이 앉는 자리가 없었지요. 그리고 바깥문은 바로 꾸뻬(기차는 한 량이 여러 개의 방처럼 나누어져 있는데 그 나누어진 한 칸을 꾸뻬라고 부른다. 역주)를 향해 열려 있었습니다. 저는 마치 제가 구유 속에 있는 것처럼 제 자신이 창피하고, 버려졌고, 가엾게 느껴졌습니다. 발은 꽁꽁 얼었고 바로 그 때, 오늘 아침 블라우스를 걸치고 머리를 늘어뜨린 그녀가 얼마나 유혹적이었나를 회상하곤 강한 질투심에 몸을 떨며 저도 모르는 사이 풀쩍 뛰어올랐죠. 옆에 앉아 있던 사람들이 놀라움과 심지어는 공포어린 눈으로 저를 쳐다보았습니다.

집에선 지독한 영하 20도짜리 혹한과 만났습니다. 저는 겨울을 좋아합니다. 왜냐하면 이 계절에는, 지독한 추위 때조차 특별한 따뜻함을 느낄 수 있기 때문이죠. 반코트에 털장화 차림으로 혹한의 쾌청한 날씨 속에 뜰이나 정원에서 어떤 일이든 하는 것과 아니면 더울 정도로 난방이 잘 되어 있는 제 방에서 책을 읽는 것, 또는 아버지 방 벽난로 앞에 앉아 있는 것, 나무 목욕통 속에서 목욕을 하는 것 등등은 겨울에만 맛볼 수 있는 참 유쾌한 일입니다. 하지만 만약 집안에 어머니나 아이들이 없으면 그때의 겨울 밤은 그렇게 칙칙하게, 지겹도록 고요하게 흘러가게 되죠. 따뜻함과 안락함을 느끼면 느낄수록 그들의 부재가 더욱 큰 부분으로 다가옵니다. 그렇게 되면 저는 몹시 우울해져 책을 읽을 수조차 없습니다. 낮엔 그래도 여기저기 정원의 눈을 치운다든가, 닭과 병아리의 먹이를 준다든가 어떤 소일거리가 있지만, 저녁에는 아무것도, 어떤 것도 할 수가 없죠.

예전에 저는 손님을 좋아하지 않았습니다. 하지만 지금은 손님으로 가면 필연적으로 아리아드나에 대한 대화가 이루어질 것이라는 것을 알았으므로 그들에게 가는 것이 기뻤습니다.

그리고 강신술사 까를로비치가 누이동생에 대해 얘기하러 자주 저에게 찾아오곤 했는데, 그는 가끔씩 예전에 저만큼이나 아리아드나에게 빠져 있던 대공 마꾸뜨예프와 함께 왔습니다. 제가 그들을 찾아가기도 했구요. 대공은 아리아드나 방에 앉아 술을 진탕 마시고는 그녀의 피아노 건반과 악보를 바라보았는데, 이건 그에게 필수적인 일이 되었고, 그것 없이 그는 살 수 없어졌죠. 그리고 조부 일라리온의 영혼은 결국엔 아리아드나가 그의 아내가 될 것을 계속해서 예언했습니다. 저희는 보통 대공과 함께 오래 앉아 있었는데, 아침부터 자정 무렵까지 그는 침묵했습니다. 그렇게 침묵한 채 두세 병의 맥주를 마시고는 아주 가끔, 그 또한 대화에 참석하고 있음을 보여 주기 위해 단속적인 그리고 슬픈, 약간 바보 같은 웃음을 소리내어 웃곤 했죠. 집으로 돌아가기 전 그는 매번 저를 구석으로 데려가 속삭이듯 말했습니다.

「당신이 아리아드나 그리고리예브나를 마지막으로 본 게 언제인가요? 그녀는 건강합니까? 제 생각으로도 그 곳에서 그녀는 적적하지 않을 것 같은데요?」

봄이 되었습니다. 새사냥을 나가야 했고, 다음 봄갈이 클로버를 심어야 했죠. 우울했지만 이제 새 봄이니까요. 들판에서 일하고, 종달새의 노랫소리를 들으며 저는 스스로에게 물었습니다. 이 개인의 행복에 대한 문제들을 빨리 매듭 지어 버리면 어떨까? 그저 평범한 농부 처녀와 결혼해 버릴까?

그렇게 많은 일손이 필요한 농번기의 어느 날 저는 이탈리아 우표가 붙은 편지 한 장을 받았죠. 클로버, 양봉장 그리고 송아지들, 농부 처녀……. 모두가 순식간 연기처럼 사라져 버렸습니다. 이번에 아리아드나는 자신의 깊은 불행을 고뇌하는 내용을 적었죠. 그리고 그녀는 제가 그녀에게 구원의 손길을 내밀지 않고, 그녀를 스스로 만든 고고한 선량함을 통해서만 바라본 채, 위험한 순간에 자신을 버린 것에 대해 저를 질책했습니다. 편지는 온통 크고, 신경질적인 필체로 쓰여 있었는데 손으로 지워 버린 부분과 잉크 얼룩이 남아 있는 것으로 보아, 그녀가 서둘러 썼으며 괴로워하고 있다는 것을 알 수 있었죠. 결론적으로 그녀는 그 곳으로 달려와 자신을 구원해 줄 것을 간청했습니다.

저는 다시 한 번 닻을 올렸습니다. 아리아드나는 로마에 살고 있었죠. 늦은 저녁 저는 그 곳에 도착했고, 그녀는 저를 보자 흐느껴 울더니 제게 달려들어 목에 매달렸습니다. 겨울 동안 그녀는 하나도 변하지 않아 여전히 그렇게 날씬하고 매혹적이었습니다. 저희들은 함께 저녁 식사를 마치고, 새벽까지 로마 시내를 돌아다녔고, 내내 그녀는 자신의 집과 생활에 대해 제게 얘기해 주었습니다. 루브꼬프는 어디에 있느냐고 제가 물었죠.

「그 몹쓸 인간에 대해 생각나지 않게 해 주세요!」그녀는 소리쳤습니다.

「그는 제게 끔찍하고, 더러워요!」

「하지만 당신은 그를 사랑했던 것 같은데…….」제가 말했죠.

「한 번두요. 처음엔 참신한 사람 같았고, 동정심을 불러일으켰을 뿐이에요. 그게 전부예요. 그는 철면피예요. 여자를 차지해 버리고 그래요, 그건 매혹적인 일이죠. 아니, 그에 대해 이야기하지 않기로 해요. 이건 제 삶의 슬픈 한 페이지예요. 그는 러시아로 돈을 가지러 떠났어요. 그 곳이 그의 길이죠! 전 그가 돌아올 수 없을 거라고 얘기해 주었어요.」

그녀는 이제 호텔에 살지 않았고, 자신의 감각대로 차갑고 호사스럽게 꾸민 방 두 개짜리 아파트에 살고 있었습니다. 루브꼬프가 떠난 바로 뒤, 그녀는 자신의 지기로부터 5천 프랑 정도를 빌려 썼고, 그래서 저의 도착은 정말로 그녀에겐 구원이었죠. 저는 그녀를 시골로 데려갈 생각을 했지만 그렇게 할 수는 없었습니다. 그녀는 조국을 그리워했지만, 과거의 가난과 궁핍, 오빠 집의 녹슨 지붕에 대한 회상이 그녀에게 혐오감과 경련을 불러일으켜 제가 그녀에게 집으로 돌아갈 것을 권했을 땐, 불안하게 제 손을 잡고 말했습니다.

「싫어요, 싫어요! 전 아마 거기에 가면 우울해져서 죽어 버릴 거예요!」

그 후 제 사랑은 마지막 단계의 1/4로 접어들었습니다.

「옛날처럼 저를 조금만 사랑해 주세요..」 아리아드나가 고개 숙이며 제게 말했습니다.

「당신은 우울하고 신중한 분이셔서 걱정을 주는 것을 두려워하세요. 늘 결과에 대해 생각하시죠. 하지만 그런 건 지루해요. 부탁이에요. 애원하겠어요. 부드러워지세요!…… 내 고결한, 성스러운, 내 사랑스런 분, 저는 당신을 사랑합니다.」

저는 그녀의 연인이 되었습니다. 적어도 한 달은 전 꼭 미친 사람처럼 오직 환희만을 느꼈습니다. 젊고 아름다운 육체를 안고, 그것을 즐기면서 말이죠. 그리고 매번 꿈에서 깨어나 그녀의 체온을 느끼고, 나와 함께, 그녀, 아리아드나가 있음을 상기하는 것은……, 아, 이것에 길들여진다는 것은 쉽지 않습니다! 하지만 저는 어쨌든 익숙해졌고, 조금씩 제 새로운 삶에 대해 이성적으로 생각하게 되었습니다. 가장 먼저, 아리아드나가 예전과 마찬가지로 저를 사랑하지 않는다는 것을 깨달았습니다. 하지만 그녀는 절 신중하게 사랑하고 싶어했죠. 그녀는 혼자 되는 것이 두려웠고, 그리고 중요한 것은 저도 젊고, 건강하고, 그녀 또한 보통 모든 차가운 사람들이 그렇듯 감각적이었습니다. 그래서 저희는 둘 다 서로의 정열적인 사람으로 결합된 척했죠. 하지만 그 후 저는 뭔가 다른 것을 알게 되었습니다.

저희들은 로마와 네아폴과 플로렌츠에서 살았습니다. 파리에도 가 보았지만 그 곳은 춥지 않았기 때문에 이탈리아로 다시 돌아왔죠. 저희들은 어느 장소에서나 남편과 아내, 부유한 지주들인 것으로 소개를 했고, 사람들은 우리와 친해지려 애쓰곤 했으므로 아리아드나는 결국 큰 성공을 거둔 셈이 되었습니다. 그녀가 그림 레슨을 받는 덕에 아리아드나는 화가로 불려졌는데, 생각해 보십시오. 화가라는 명칭이 그녀에게 얼마나 잘 어울렸겠습니까. 비록 조금의 재능조차 없다 할지라도 말입니다.

그녀는 매일 두시나 세시까지 잠을 잤으며 침대에서 커피를 마시고 아침을 먹었습니다. 점심 식사 때는 수프, 왕새우, 생선, 고기, 아스파라거스, 들새고기를 먹었고, 그 후 그녀가 잠자리에 들었을 땐, 전 그녀에게 무엇이든, 예를 들면 로스트 비프 같은 것들을 침대로 가져다 주었습니다. 그리고 그녀는 밤에 잠에서 깨어 사과와 오렌지 들을 먹었습니다.

아리아드나의 중요한 특징 중의 하나는 놀라울 정도의 간교함이라는 것을 말씀드려야겠군요. 그녀는 항상 매분, 매분마다 아무런 필요도 없이 참새가 지저귀거나, 바퀴벌레가 더듬이를 움직이는 것처럼 본능적으로 전혀 지치지도 않고 잔꾀를 부렸습니다. 그녀는 저는 물론 하인들과 현관 수위, 상점의 판매원, 주위의 아는 사람들을 속였죠. 젠 체하거나 부자연스러울 정도로 꾸미지 않으면 그녀는 어떤 만남에서든 한마디도 할 수 없었죠. 여느때 남자들만 모여 있는 저희들의 방으로 그녀가 들어와야 할 때——그 방에 있는 그가 누구인지, 급사인지, 남작인지에 따라——, 그녀는 시선과 표정, 목소리, 그리고 심지어는 몸의 실루엣까지도 바꾸었습니다. 만약 당신이 그 때 한번이라도 그녀를 보셨다면, 아마 이 탈리아 전역에서 저희들보다 더 유명하고 부유한 사람들은 없었을 거라고 말씀하셨을 겁니다. 그들의 뛰어난 재능에 대해 끊임없이 거짓말을 늘어놓기 위해 그녀는 한 명의 화가나 음악인도 놓치지 않았습니다.

「당신은 정말 재능이 있는 분이세요!」그녀는 부드럽고 경쾌한 목소리로 말하곤 했죠.「당신과 함께 있으면 전 무섭기까지 하답니다. 당신껜 사람을 꿰뚫어보는 눈이 있어요.」

이 모든 것들은 사람들의 마음에 들었고, 성공을 거두기 위해선 필수적인 것들이었죠. 그녀는 단 하나만의 생각으로 아침마다 '마음에 든다!'라는 감탄사만을 연발했습니다. 그리고 이것이 그녀 인생의 목표였고, 의미였죠. 제가 만일 어느 거리의 어느 집에 사는 누가 그녀를 마음에 들어하지 않는다고 말하면 그녀는 심하게 괴로워했죠. 매일 그녀는 누구든 마음을 끌고, 매혹시키고, 넋을 잃게 해야만 했습니다. 그녀의 권력과 매력의 발 아래 있었던 저는 점점 자신을 비하하기 시작했고, 이것은 마치 운동 경기에서 승리자가 느끼는 쾌감처럼 그녀에게 큰 만족을 안겨 주었습니다. 저 자신의 비하에도 점점 성에 안 찬 그녀는 이젠 밤마다 옷을 모두 벗고, 호랑이처럼 몸을 쭉 펴고 누워——그녀는 항상 덥다고 했습니다——조금도 거리낌없이 루브꼬프가 보낸 편지들을 읽었습니다. 그는 그녀에게 러시아로 돌아올 것을 간청했고, 또 만일 돈을 얻을 수 있고, 그녀가 그에게로 돌아오기만 한다면 도둑질을 하거나, 사람을 죽일 수도 있다고 맹세했습니다. 그녀는 그를 증오했지만 그의 정열적이고 노예 같은 편지들은 그녀를 흥분시켰죠.

그녀 자신의 매력에 대한 스스로의 견해는 좀 특별한 것이었습니다. 그녀는 생각했죠. 만일 어디서든 수많은 군중들이 모인 가운데 그녀가 얼마나 아름답고, 피부 빛이 얼마나 고운지를 사람들이 본다면, 그녀는 전 이탈리아와 세계를 정복할 수 있다고 말입니다. 이 아름다움과 피부 빛에 대한 것은 그녀가 화가 났을 때 저를 약올리기 위한 도구로 사용되어 온갖 저속한 말들 속에 삽입되었고, 그 때마다 저는 굴욕감을 느껴야 했습니다. 한번은 어떤 부인의 별장에서 이런 일까지 있었죠. 그녀는 화가 나 제게 말했습니다. 「만약 당신이 당신의 그 지겨운 훈계들로 저를 질리게 하는 짓을 그만두지 않는다면 저는 지금 당장 옷을 홀랑 벗고 알몸으로 저 꽃 위에 눕겠어요!」

그러나 그녀가 잠을 자거나, 먹거나, 괴로워하는 것에서 저는 그녀의 순진한 모습을 보았고, 그러면서 생각했죠. 무엇 때문에 신은 이 여자에게 저토록 특별한 아름다움과 우아함과 지성을 주었을까? 과연 그저 침대 위에서 뒹굴고, 먹고, 끝없는 거짓말을 하도록 하기 위해 그랬던 것일까? 그리고 진정 그녀는 똑똑한 여자일까?

그녀는 세 개의 촛불과 13이라는 숫자를 두려워했고, 미신적인 저주, 악몽을 두려워했으며, 자유로운 사랑과 자유에 대해 이야기했고, 늙은 신사처럼 볼레슬라프 마르께비치가 뚜르게네프보다 낫다고 확신했습니다. 그러나 그녀는 악마처럼 잔꾀가 많고 영특해서 세상 사람들 앞에 자신을 매우 교육받고, 진보적인 사람인 것처럼 보이게 하는 능력이 있었죠.

그녀는 아주 유쾌할 때에도 하인을 모욕하거나, 곤충을 죽이는 것이 아무렇지도 않았으며, 그녀는 전쟁물을 좋아했고, 살인에 관해 읽는 것을 좋아했으며 피고에게 무죄 판결이 내려지면 화를 내곤 했습니다.

저와 아리아드나는 이렇게 호화스런 생활을 하고 있었기 때문에 저희들에겐 많은 돈이 필요했습니다. 가엾은 아버지는 제게로 자신의 연금과 자신이 얻은 작은 수입의 전부를 보내셨고, 할 수 있는 곳에선 모두 저를 위해 돈을 차용하셨죠. 그러던 어느 날, 아버지는 제게 '더 이상 없구나.'라는 대답을 보내 오셨고, 저는 영지를 저당잡힐 것을 간청하는 절망적인 편지를 아버지께 띄웠습니다. 그리고 또 얼마 후 다른 저당물로 돈을 융통할 것을 부탁했구요. 그 때마다 아버지는 불평 한마디 하지 않고 제게 당신이 가지고 계신 돈을 1코페이카(러시아 화폐의 최소 단위. 역주)까지 보내 주셨습니다. 그런데 아리아드나는 삶의 실체를 경멸했기에 제가 그녀의 멍청한 바람들을 충족시켜 주기 위해 천 프랑을 버리면서 늙은 나무처럼 신음할 때, 그녀는 아무것도 하지 않은 채 덤덤한 얼굴로 '안녕, 아름다운 나폴리'를 노래했죠. 차츰 저는 그녀에게 냉담해졌고, 저희들의 관계가 창피하게 느껴졌습니다. 저는 임신이나 출산을 좋아하지는 않지만 지금은 가끔씩 그녀 삶으로부터 형식적인 방편이라도 될 법한 아기에 대해 상상하곤 했습니다. 저는 저 자신을 증오하지 않기 위해 박물관에 나가고, 책을 읽고, 소식하고, 술을 끊었습니다. 이렇게 자신을 줄타기에 내몰수록 마음은 더 편해지는 것 같았죠.

저는 아리아드나에게 싫증이 났습니다. 그녀가 성공을 거두고 있었던 사람들은 사실 중류층 사람들뿐이었고, 기사들이나, 살롱은 이미 한물 간 것이었고 그녀에겐 돈도 부족했습니다. 이것이 그녀를 비참하게 하고 그녀를 흐느껴 울게 했죠. 그 때 그녀는 곧 러시아로 돌아가겠다고 말했습니다.

그래서 이렇게 저희는 가고 있는 것이죠. 출발하기 한 달 전부터 그녀는 열심히 그녀의 오빠와 서신을 교환했고, 그녀에게는 분명 어떤 비밀스런 계획이 있을 겁니다. 그것이 무엇인지는 신께서 아시겠지요. 전 이미 그녀의 잔꾀를 탐색하는 일에는 지쳐 버렸습니다. 하지만 저희들은 지금 시골로 가는 것이 아니라 얄타로, 그 다음은 까프까즈로 갈 겁니다. 지금 그녀는 오직 휴양지에서만 살 수 있게 되어 버렸죠. 제가 모든 휴양지를 얼마나 싫어하고, 그 곳에선 얼마나 답답함과 수치를 느끼는지 당신은 모르실 겁니다. 지금 이 배가 시골로 가는 것이라면! 바로 지금 일을 하고, 얼굴에 흐르는 땀에서 빵을 얻고, 실수들을 저지르고 할 수만 있다면! 저는 지금 왕성한 힘을 느낍니다. 이 긴장된 힘으로 저는 아마 5년 안에 제 영지를 다시 살 수 있을 겁니다. 하지만 지금은 보시다시피 착잡한 심정입니다. 여기는 외국이 아니고 조국 러시아, 따라서 법적인 결혼에 대해 생각해야겠죠. 물론, 물론, 반한 마음도 이제는 사라졌고, 과거의 사랑은 추억 속에서조차 없습니다. 하지만 사랑이 없다고 하더라도 제겐 그녀와 결혼해야 할 의무가 있습니다."

자신의 이야기로 흥분된 샤모힌과 나는 아래층으로 내려가 이야기를 계속했다. 이미 늦은 밤이었고, 그와 나는 같은 선실에 묵고 있음을 알았다.

"단지 시골에서만 여자는 남자보다 뒤떨어지지 않습니다."

샤모힌이 말했다.

"그 곳에서 여자는 남자처럼 문명의 이름으로 자연과 싸우며 남자처럼 생각하고 느낍니다. 하지만 도시의 부르주아적이고 인텔리라는 여자들은 이미 오래 전부터 뒤쳐져서 자신의 원시적 상태로 되돌아가고 있고, 그렇기 때문에 그녀는 이미 반쯤은 인간, 반쯤은 짐승이죠. 그리고 그 덕택에 이성이 획득한 그 많은 것들을 그녀는 상실했구요. 여자는 조금씩 조금씩 사라져 가고, 그 자리에 지금은 원시적인 암컷이 앉아 있습니다. 이 인텔리한 여자의 후진성은 문화에 심각한 위험을 낳죠. 자신의 퇴화하는 행동으로 그녀는 남자를 매혹시키려 애쓰고, 남자의 진보적인 움직임을 차단시킵니다. 이건 의심할 바 없는 얘기죠."

나는 물었다.

"왜 일반화하십니까? 왜 아리아드나 한 사람을 가지고 모든 여성을 평가하려 하시는 거죠? 남녀 평등이라고 제가 이해하고 있는, 여성들의 교육과 성적 평등에 대한 노력은 이미 그 스스로 그런 퇴보적인 움직임들을 없애고 있다고 생각합니다."

하지만 샤모힌은 내 이야기를 듣자마자 불신의 미소를 지었다. 그는 이미 무시무시한 아내 증오자였고, 그러므로 그를 설복시킨다는 것은 불가능했다.

"예, 충분합니다."

그는 끼여들며 말했다.

"언젠가 한번은 여자가 제 속에서 저와 같지 않은 수컷을 발견하고, 평생을 단지 제 마음에 들기 위해 바쁘게 움직였었던 적이 있죠. 즉 저를 휘어잡기 위해서 말입니다. 여기에 성적 평등에 관한 연설이 있을 수 있나요? 오, 그들을 믿지 마세요. 그들은 매우, 엄청나게 교활하답니다! 저희 남자들은 그들의 자유를 신장시켜 주기 위해 바쁘게 일하지만 그들은 사실, 이 자유를 원치 않습니다. 그들은 단지 원하는 척할 뿐이죠. 지독하게 교활합니다. 무시무시하게 교활하죠!"

내겐 질문하는 것이 지겨워졌고, 자고 싶었다. 나는 벽 쪽으로 얼굴을 돌렸다.

"그래요."

나는 잠들면서 들었다.

"그렇죠. 모든 것이 교육 탓입니다. 도시 여성들 교육의 중요한 본질은, 여자로부터 반은 인간, 반은 짐승인 반인반수를 만들어 내는 데 있지요. 즉, 수컷을 이기기 위해 수컷의 마음을 사로잡는 것이죠. 그렇습니다."

샤모힌은 깊은 한숨을 내쉬며 계속했다.

"소녀들은 그들이 소년들과 늘 함께 있기 위해 배우고 길러져야 합니다. 그리고 여자들은 그들이 남자들처럼 자신의 잘못을 인정하는 능력을 가질 수 있도록 길러져야 하구요. 하지만 여자들은 그들 자신의 견해로는 언제나 옳지요. 어릴 적부터 어린 소녀에게 남자는 무엇보다 기사나 구애자가 아니라 모든 면에서 그녀와 가깝고, 평등한 존재라는 생각을 심어 줘야 합니다. 소녀에게 논리적인 사고 방법을 익혀 주고, 모든 문제를 일반화할 수 있는 능력을 길러 주고, 그녀의 뇌가 남자들보다 무게가 적게 나가지 않는다는, 그래서 소녀는 과학과 예술과 모든 문화적인 일들에 냉담해도 되는 것은 아니라는 것을 입증시켜 줘야 합니다. 견습공인 소년들, 제화공, 도장공은 성인 남자보다 작은 크기의 뇌를 가지고 있지만 그럼에도 불구하고 그들은 인류를 위한 투쟁에 참여하고, 일하고, 고뇌한다는 것도 알려 주어야 합니다. 왜냐하면 첫째, 여자는 매달 출산하지 못하고, 둘째, 모든 여자가 출산하는 것도 아니며, 셋째, 정상적인 시골 여자는 출산 직전에도 들에서 일을 한다는 것입니다. 따라서 생리학으로는 아무것도 입증할 수가 없는 것이죠. 이렇게 된다면 일상의 생활에 만족할 만한 평등을 조성할 수 있을 겁니다. 만약 남자가 여자에게 탁자를 집어던지거나, 스카프를 걷어올린다면 여자도 똑같이 그렇게 해서 갚아 주는 거죠. 만약 훌륭한 가정에서 자란 처녀가 제가 외투를 입는 것을 거들어 준다거나, 제게 물 한 잔을 갖다 준다면 그런 것들에 대해서는 반대하지 않지만요……."

나는 잠들어 버렸으므로 더 이상 듣지 못했다. 다음 날 아침, 우리가 세바스또뽈에 도착했을 때는 불쾌하고 습한 날씨였다. 배가 가볍게 흔들렸다. 샤모힌은 갑판실에 앉아 무언가 생각에 잠겨 침묵하고 있었다. 차 마실 시간을 알려 왔을 때, 깃 세운 외투를 입은 남자와 창백하고 졸린 얼굴을 한 부인이 아래로 내려가기 시작했다. 젊고 무척 아름다운 한 부인, 볼로치스끄에서 세관원에게 화를 냈던 바로 그 부인이 샤모힌 앞에 멈춰 서서 버릇없는 아내의 변덕스런 모습으로 그에게 말했다.

"쟝! 당신의 어린 새는 멀미가 나!"

그 후론 이 얄타에 살면서 나는 이 아름다운 부인이 느린 말을 타고 질주하는 모습과 그 뒤를 따라 두 명의 장교가 노래 부르며 따라가는 것과 어느 날 아침 그녀가 프리그식(작고 둥근 형태의 모자. 역주) 모자를 쓰고 에이프런을 두른 채 해변에 앉아 물감으로 습작을 하는 것과 많은 군중들이 조금 떨어져서 그녀를 감상하는 것을 보았다. 나는 그녀와 인사를 나누었다. 그녀는 경탄한 얼굴로 나를 바라보며 손을 세게 잡고, 경쾌한 목소리로 내 작품을 읽고 큰 감동을 받았다며 내게 인사했다.

"믿지 마세요."

샤모힌이 속삭였다.

"그녀는 당신 책은 한 권도 읽은 적이 없습니다."

저녁 무렵, 나는 해변을 산책하다 손에 간식거리와 과일들이 담긴 커다란 꾸러미를 든 샤모힌과 우연히 만났다.

"마꾸뜨예프 대공이 이 곳에 있습니다!"

그는 기쁘게 말했다.

"어제 그녀의 강신술사 오빠와 함께 왔죠. 지금에서야 저는 그녀가 오빠와 무엇에 대해 서신을 교환했는지 알 것 같습니다! 세상에."

그는 하늘을 올려다보며 가슴팍에 꾸러미를 꼭 쥐고는 계속했다.

"만일 대공과 그녀와의 관계가 좋아진다면, 그건 바로 저의 자유를 의미합니다. 저는 시골로, 아버지에게로 떠날 수 있게 되는 것이죠."

그리고 그는 멀리 달리기 시작했다.

"전 영혼을 믿기 시작했습니다!"

뒤돌아보며 그가 소리쳤다.

"조부 일라리온의 영혼이 진실을 예언한 것 같거든요! 오, 만일 그렇다면!"

이 만남의 다음 날, 나는 얄타를 떠났고 샤모힌의 이야기가 어떻게 끝났는지에 대해 더 이상 아는 바가 없다.

아버지

"**인**정하마, 그래 난 취했어……. 미안하구나, 오는 길에 너무 더워 맥주집에 들러 작은 병으로 두 병만 마셨단다. 무척 덥구나!"

무싸또프 노인은 주머니에서 헝겊 조각을 꺼내, 깨끗이 면도된 핼쑥한 얼굴을 닦았다.

"난 네게, 바론까 내 아들, 중요한 일로……,"

그는 아들을 바라보지 않은 채 계속했다.

"중요한 일로 잠깐 들렀단다. 미안하구나. 아마도 방해가 됐나 보구나. 화요일까지 돌려 줄 테니 혹시 아들아, 네게 십 루블 없니? 네가 이해할는지 모르겠지만, 어제 집세를 내야 했단다. 그런데, 돈은, 이해하겠니……. 그러니까 죽어도!"

바론까는 묵묵히 방을 나가 문 뒤에서 별장 주인, 별장을 함께 빌린 사람들과 소리 죽여 이야기했다. 잠시 후 그는 돌아와 입을 다문 채 아버지에게 10루블짜리 지폐 한 장을 건넸다. 이번에도 역시 아들을 바라보지 않은 채 그는 태연히 돈을 주머니에 넣으며 말했다.

"땡큐, 그래 어떻게 지내니? 벌써 오랫동안 못 만났지."

"그래요. 오래 됐어요. 부활절부터니까."

"다섯 번쯤 네게 오려고 준비했었는데, 그래 한 번도 오지 못했구나. 이런 저런 일로……. 제기랄, 죽어 버리면 그만이야! 제기랄, 난 거짓말을 하고 있단다……. 모든 건 내가 꾸며 낸 거짓말이란다. 넌 날 믿지 말아라. 내 말은 한 마디도 믿지 마. 내게는 아무 일도 없고, 그저 매일을 폭음과 부끄럽게 이런 꼴로 길거리에 얼굴을 내미는 거지. 바론까, 날 용서해라. 전에 내가 세 번쯤 돈을 받으러 계집애를 보내고, 불평하는 편지들을 보냈었지. 네게서 돈을 우려 내는 게, 난 참 미안하구나. 내 아들아, 너도 이렇게 힘들게 겨우 입에 풀칠하며 산다는 걸 알지만, 난 내 이 뻔뻔함으로 아무것도 하지 않지. 이런 뻔뻔스러운, 겨우 돈 때문에만 얼굴을 디밀고!…… 너, 날 용서해라, 바론까. 난 네 천사 같은 얼굴을 아무렇지도 않게 쳐다볼 수가 없어 사실대로 말하는 거란다."

짧은 침묵이 흐르고, 노인은 길게 한숨 쉬며 말했다.

"내게 맥주라도 대접하겠니."

아들은 말없이 나갔고, 문 뒤에서 다시 속삭임이 들려 왔다. 얼마 후, 맥주가 날라져 왔고, 노인은 맥주의 출현에 생기를 되찾아 활기 있는 목소리로 말하기 시작했다.

"아들아, 난 최근에 경마장에 갔었단다."

그는 커다란 눈을 해 보이며 말했다.

"우리는 셋이었고, 도박에서 슈스뜨르이에게 삼 루블짜리 표를 하나 걸었지. 그리곤 이 슈스뜨르이에게 감사했단다. 일 루블당 우리에게 32루블씩의 행운을 안겨 주었지 뭐냐. 경마 없이 이젠 살 수 없게 됐단다. 고상한 만족감을 주지. 마누라쟁이는 경마를 한다고 항상 나를 후려패지. 그래도 난 다녀. 좋아하니까. 그런데 너, 왜 그러니!"

보리스, 하얀 고수머리에 우수에 찬 표정 없는 얼굴을 가진 젊은 청년은 아무 말 없이 아버지의 얘길 들으며 조용히 방을 구석에서 구석까지 왔다갔다했다. 노인이 기침을 하기 위해 말을 멈추었을 때, 그는 노인에게 다가가 말했다.

"아버지, 전 최근에 목 있는 구두를 하나 샀어요. 그런데 제겐 너무 작거든요. 혹, 가져가 신으시지 않겠어요? 제가 싼 값에 양보할게요."

"좋지."

노인은 찡그린 얼굴을 하며 동의했다.

"하지만 양보 없이 그 가격으로 가져가겠다."

"좋아요. 제가 외상으로 드릴게요."

아들은 침대 밑으로 들어가 새 목 구두를 꺼냈다. 노인은 빌려 신은 것이 분명한 꼴사나운 갈색 장화를 벗고, 새 구두를 신어 보기 시작했다.

"마침 꼭 맞구먼!"

노인이 말했다.

"좋아, 내가 가져가지. 화요일에 연금을 받으면 네게 돈을 보내 주마. 하지만, 난 또 거짓말을 하고 있단다……."

그는 갑자기 조금 전의 풀기 없는 목소리로 되돌아가 말했다.

"경마 도박에 대해서도 거짓말이고, 연금에 대한 것도 거짓말이란다. 바론까, 너도 날 속이고 있지……. 난 네 그 너그러운 계략을 느낄 수 있단다. 난 네 속마음을 알지. 이 목구두가 네게 작은 건, 네 마음이 넓기 때문이지. 아! 바랴(바론까의 애칭. 역주)! 바랴! 난 네 모든 걸 이해하고, 모든 걸 느껴!"

"아버지, 새 집으로 옮기셨어요?"

바론까는 화제를 돌리기 위해 끼여들며 물었다.

"그래 아들아. 새 집으로 옮겼지. 매달 옮겨 다니지. 마누라쟁이의 그 성깔로는 한 곳에서 오래 살 수가 없지."

"제가 아버지의 그 옛날 집에 갔었을 때, 전 아버지를 이 별장으로 모시고 싶었어요. 건강을 위해서도 맑은 공기 속에서 사는 게 나쁘진 않잖아요."

"아니다."

노인이 손을 내저었다.

"할망구가 놔 주지도 않을 거고, 나도 원치 않는다. 백 번이나 너희들이 날 그 구렁텅이에서 끌어 내려 애쓰고, 나 스스로도 애써 봤지만, 젠장할, 아무것도 아니잖냐. 그만둬! 거기서 그냥 뒈져 버리게! 지금 이렇게 너와 앉아 네 천사 같은 얼굴을 바라보고 있지만 무언가가 날 집으로, 그 구렁텅이로 잡아끈단다. 알겠니, 그런 운명이야. 분뇨를 먹는 딱정벌레를 장미에게로 끌어오려 하지 말아라. 그건 그렇게 될 수 없는 일이다. 이제 가 봐야겠구나. 어두워지는구나."

"잠깐 계세요. 제가 배웅해 드릴게요. 저도 오늘 시내로 나가 봐야 하거든요."

아버지와 아들은 외투를 입고 나섰다. 얼마 후, 그들은 마차를 타고 가고 있었다. 벌써 어두워졌고, 창문에서는 불빛이 반짝이기 시작했다.

"제기랄, 난 널 또 우려 냈구나. 바른까!" 아버지는 중얼거렸다.

"불쌍한, 불쌍한 자식들! 태산만이 이런 애비를 견뎌 낼 수 있지. 바른까, 내 아들. 네 얼굴을 볼 때면 난 거짓말을 할 수 없단다. 미안하구나……. 내 이 뻔뻔스러움이 도대체 어디까지 갈는지. 오, 하느님! 지금 이렇게 난 네 돈을 긁어 내고, 술취한 꼴로 널 당황하게 했지. 나는 네 형들에게서도 우려 내고, 그들도 당황하게 만든단다. 그러나저러나 네가 어제 내 꼴을 봤더라면! 숨기지 않겠다, 바른까! 어제 내

마누라쟁이에게로 이웃들이 모였었지. 모두들 잡동사니 같은 것들인데, 취할 때까지 퍼마시고는 그들과 함께 너희들을, 내 자식들을 욕하기 시작했단다. 난 술취한 할망구들에게 동정심을 일으키고, 불행한 아버지의 역할을 잘 해내고 싶었지. 이게 내 행동 방식이야. 내 결점을 숨기고 싶을 때면, 이 모든 불행을 죄없는 자식들에게 뒤집어씌우는 거지. 제기랄, 네게 우쭐대며 가서는 너의 온순함과 다정함을 보고 한마디도 입을 열지 못한 채, 내 모든 양심은 뒤죽박죽 엉망이 되어 버리고 만단다."

"아버지, 그만, 됐어요. 이제 우리 뭐 다른 것에 대해 얘기해요."

"그리고 세상에, 내 아들들은 또 어떠냐!"

노인은 아들의 말을 듣지 않고 계속했다.

"하느님은 내게 어떤 사치를 준 것이지! 이런 아이들을 보잘것없는 내게가 아니라 영혼과 감정을 가진 진정한 사람에게 주었다면! 난 자격이 없어!"

노인은 자신의 단추 달린 테 없는 작은 모자를 벗고, 몇 번이나 성호를 그었다.

"네게 축복이 있기를, 하느님!"

그는 마치 성상이라도 찾는 듯 이쪽 저쪽을 바라보곤 한숨 쉬었다.

"정말 훌륭한, 드문 아이들이지. 내 세 아들들은 모두 하나같이 착실하고, 단정하고, 일하기 좋아하고, 그리고 또 얼마나 똑똑한지! 마부 양반, 내 아들들이 얼마나 똑똑하다구! 그리고 그리샤 하나만 해도 열 사람은 모아 놓은 것만큼 똑똑하지. 그는 프랑스 말도, 독일말도 잘 한다네. 그 애에게 어디 당신의 변호사들을 비할 수 있겠나, 잘 듣고 있나, 마부 양반! 내 아들들, 아들들, 난 그 애들이 내 자식이라는 것을 믿을 수가 없어! 믿을 수 없다구! 너, 바론까. 넌 내게 있어 수난자지. 난 널 파산시키고, 앞으로도 그럴 거고……. 넌 네 돈이 제대로 쓰여지지 않는다는 걸 알면서도 끊임없이 내게 돈을 주지. 최근에 난 네게 불평어린 편지를 보내, 내가 아프다고 했지만, 사실은 거짓말이야. 나는 럼 주를 사려고 네게 돈을 부탁한 거지, 넌 날 맘 상하게 하지 않으려 돈을 주었지. 난 전부 알아. 그리고 느껴. 그리샤 또한 수난자지. 목요일 날 나는 술에 취하고, 지저분하고, 망가진 모습으로 그에게 갔었지……. 내게서는 보드카 냄새가 술독에서처럼 번졌지. 난 바로 이런 모습으로 그에게 가, 비굴한 말로 아양을 떨었지. 그 때 바로 그의 주변에는 그의 동료들, 높으신 어른네들, 청원자들이 있었지. 난 평생 동안 내 이름을 더럽혔지. 그런데 그는, 만약 너였다면 조금은 당황했을 거야. 그는, 약간 안색이 창백해지더니만 미소 지으며 내게 다가와 아무 일도 없었던 것처럼, 심지어 동료들에게까지 나를 소개시켜 주었지. 한마디 말이라도 내게 욕을 해 주었다면! 난 돈을 우려 내는 것도 네게보다는 그에게서 더 많이 긁어 냈단다. 네 형, 싸샤는 또 어떠하냐. 싸샤 또한 수난자지! 그는 너도 알다시피 귀족 가문 출신의 대령 딸과 결혼해 지참금을 받았지……. 보기에 그는 이제 내게 신경 쓸 형편이 아니라고 생각했지. 그런데 그게 아니었어. 결혼식이 끝난 후 그는 제 처와 함께 내게로 첫 방문을 한 거야……. 나의 그 구렁텅이로……, 하느님 맙소사!"

노인은 흐느껴 울며 웃기 시작했다.

"그런데 그 때, 우리는 일부러 잘게 썬 무와 크바스(맥주 비슷한 싸구려 알코올 음료. 역주)를 먹으며 생선을 튀겼지. 집 안 가득한 그 악취하며, 구역질이 났단다! 난 취한 채 누워 있었고, 마누라쟁이는 얼굴을 시뻘겋게 하고선 신혼 부부에게로 뛰어다녔지……. 한마디로 못 봐 줄 꼬락서니였지. 그런데도 싸샤는 모든 걸 참았어."

"그래요. 싸샤 형님은 좋은 사람이에요."

보리스가 말했다.

"가장 훌륭하지! 너희들은 모두 내게 금덩이들이야. 너, 그리샤, 그리고 싸샤, 또 쏘냐. 나는 그저 너희들을 괴롭히고, 힘들게 하고, 창피를 주고, 돈을 긁어 내고, 그런데도 너희들로부터 평생 동안 싫은 소리 한마디 안 듣고, 싸늘한 눈초리 한번 못 봤으니 제기랄……, 애비가 제대로 된 인간이었으면 좋았으련만……. 체! 너희들은 내게서 악 이외에는 아무것도 본 것이 없지. 난 나쁘고, 방탕한 인간이야……. 지금은 그래도 하늘이 도와 많이 온순해지고, 성질도 많이 죽었지. 옛날에 너희들이 어렸을 땐, 엄청나게 고약했지. 난 아무것도 하지 않고, 아무 말도 하지 않았지만, 내겐 모든 것이 그래야 하는 것처럼 느껴졌었어. 밤에 거나하게 취하고, 악에 받쳐 클럽에서 집으로 돌아오면, 난 네 죽은 어미에게 돈 씀씀이에 대해 꾸짖곤 했었지. 밤새도록 네 어미를 심하게 꾸짖으면서도 그렇게 해야 한다고 생각했던 거야. 어떤 때는 아침에 너희들이 일어나 학교에 갈 때까지 네 어미에게 성질을 부리곤 했어. 하늘 같은 권세로 난 그녀를 괴롭혔지, 그 불쌍한 사람을! 너희들이 학교에서 돌아올 때쯤 난 자고 있지. 그러면 너희들은 내가 일어날 때까지 점심을 먹지 못하고, 그리고 그 점심 식탁에서 또다시 그 타령……, 기억하겠지. 제발 다시는 누구에게도 이런 애비가 없기를! 신은 너희들에게 날 영웅적인 공적을 위해 보내신 거야. 영웅적인 공적을 위해! 이제 조금만 더 끝까지 버티렴. 네 애비를 존경해, 오랫동안. 그럼 신은 너희들에게 영웅적 행동에 대한 보답으로 긴 인생을 선물하실 거야. 마부, 멈추게!"

노인은 마차에서 뛰어내려 맥주집으로 달려갔다. 얼마 후, 그는 되돌아와 소리를 지르며 아들 옆에 앉았다.

"그런데 지금 쏘냐는 어디 있지?"

아버지가 물었다.

"아직 기숙 학교에 있나?"

"아니오. 5월에 학교 마치고, 지금은 싸샤 형네 장모님 댁에서 살아요."

"오! 대단하구나. 오빠들에게로 가다니. 에이, 바른까,

네 어미가 그 모습을 보지 못해 애석하구나. 잘 들어라, 바론까. 걔는 지금 내가 어떻게 지내는지 알고 있니? 응?"

보리스는 아무런 대답도 하지 않았다. 긴 침묵이 흘렀다. 노인은 흐느껴 울고는, 헝겊 조각으로 얼굴을 닦으며 말했다.

"난, 그 아일 사랑한단다, 바론까! 하나밖에 없는 딸인데, 늙어서 딸만큼 좋은 위안은 없단다. 그 애를 보게 해 다오. 될까, 바론까?"

"그럼요. 되고말고요. 언제 보시길 원하세요?"

"정말이냐? 그런데 걔는 괜찮을까?"

"그럼은요. 그 아이 스스로 아버질 만나려고 찾는 걸요."

"정말이냐? 마부, 아 글쎄 우리 자식들이 이렇다니까! 그래, 만나자 바론까! 그 애는 지금 귀족 집안의 아가씨이고, 미식에 콩수메(프랑스 음식 콩소메를 잘못 발음한 것. 역주), 다 그런 고급식으로 살고 있을 거야. 그런데, 난 이런 내 비참한 꼴을 그 애에게 보여 주기 싫단다. 바론까 우리는, 모든 걸 계획적으로 진행하자. 사흘 정도 난 지저분하고 술에 절은 내 주둥이를 깨끗이 하기 위해 술을 자제하마. 그리곤 네게로 가겠다. 그러면 넌 내게 잠깐 동안 양복을 한 벌 빌려 주렴. 그 다음에 면도하고, 머리 깎고. 그러면 넌 나가서 그 앨 데려오는 거야. 어떠니?"

"좋아요."

"마부, 세워 주게!"

노인은 다시 마차에서 뛰어내려 맥주집으로 뛰어갔다. 보리스가 아버지와 함께 집으로 향하는 동안, 노인은 마차에서 두 번이나 더 뛰어내렸고, 그 때마다 아들은 묵묵히 아버지를 기다렸다.

마차에서 내린 그들이, 길고 더러운 마당을 따라 '마누라쟁이' 집으로 몰래 들어갔을 때, 노인은 죄진 듯한 모습으로 매우 당황해하고 있었으며 입맛을 다시며 소심하게 중얼거렸다.

"바룐까!"

노인은 아첨 섞인 목소리로 말했다.

"만약 마누라쟁이가 네게 무엇이든 그런 얘기를 시작하더라도 신경쓰지 말아라. 그리고……, 알겠니. 그 여자에게 그냥 상냥하게 대해. 그 여잔 무식하고 뻔뻔하지만, 그래도 좋은 여자란다. 그 여자 가슴속에 착하고 뜨거운 심장이 뛴다구!"

긴 마당이 끝나고, 보리스는 좁은 현관으로 들어갔다. 한 블럭의 문이 삐걱거리기 시작하면서 부엌 냄새, 찻주전자의 연기 냄새가 물씬 풍겨 왔고, 날카로운 목소리들이 들려 왔다. 현관과 부엌을 지나면서 보리스는 검은 연기와 빨랫줄에 널린 옷가지들과 찻주전자의 관을 보았다. 그리고 틈 사이로 금빛 불빛들이 쏟아졌다.

"여기가 바로 내 쓸쓸한 방이다."

노인은 몸을 숙여 낮은 천장과 이웃한 부엌으로 인해 후텁

지근한 방으로 들어갔다.

거기에는 어떤 세 명의 노파가 앉아 음식을 먹고 있었다. 그들은 손님을 바라보고 서로서로 얼굴을 쳐다보며 먹기를 중단했다.

"그래, 어떻게, 구했어요?"

행색으로 보아 바로 그 '마누라쟁이'인 듯한 노파가 거센 목소리로 물었다.

"구했어, 구했어." 노인이 중얼거렸다.

"저, 보리스, 앉거라. 우리는, 아들아, 그저……, 우리는 그저 이렇게 살고 있단다."

노인은 어쩔 줄 몰라 당황해하며 분주히 움직였다. 그는 아들에게 부끄러웠지만, 그와 동시에 그는 노파들 앞에서 언제나처럼 '우쭐대는' 불행하고, 버려진 아버지의 역할을 잘 해 내고 싶었다.

"그래, 내 아들아. 우린 간단히, 이렇게 꾸밈없이 산단다."

그가 중얼거렸다.

"우린 단순한 사람들이지……. 우리는 쥐뿔도 없으면서 있는 체하는 그런 것들을 좋아하지 않지, 그럼……보드카라도 마시겠니?"

노파들 중 하나——그녀는 낯선 이 앞에서 술을 마시는 것이 부끄러웠다——가 한숨을 내쉬며 말했다.

"난 버섯을 먼저 먹고 나서 술을 마시겠수. 순전히 버섯을 먹으려고 술을 마시는 거라우. 이반 게르시므이치, 그들을 이리로 초대해요. 아마 마실 걸요."

그녀는 마지막 단어를 이렇게 발음했다. '마실 꺼—ㄹ료!'

"마셔, 아들아!"

노인은 아들을 쳐다보지 않은 채 말했다.

"애야, 우리에겐 포도주나 고급 술은 없어. 우리는 그저 단촐하게……."

"그에겐 마음에 들지 않을 거유!"

마누라쟁이가 한숨을 내쉬었다.

보리스는 거절함으로써 아버지의 마음이 상하지 않도록 침묵한 채 술잔을 들고 마셔 버렸다. 찻주전자를 들여 왔을 때, 그는 우울한 얼굴로 침묵한 채, 노인의 마음에 들도록 끔찍한 차를 두 잔이나 마셨다. 그는 묵묵히 마누라쟁이의 말을 듣고 있었다. 마누라쟁이는 이 세상에는 부모를 버리는 잔인하고 무시무시한 사람들이 있다고 그에게 눈치를 주며 이야기했다.

"난 네가 지금 무얼 생각하는지 안단다."

술에 취한 노인이 취중에 말했다.

"넌 내가 더러운 지경으로 떨어졌고, 내가 가엾다고 생각하겠지. 하지만 아마 이런 단순한 삶이 네 삶보다 몇 배는 더 정상적일 거야. 아들아, 난 누구에게도 필요치 않은 존재이고, 그리고……, 날 비하할 생각은 추호도 없다……. 지금

날 어떤 어린 놈이 동정어린 눈으로 쳐다본다면 난 참을 수 없단다."

노인은 차를 마신 후, 청어조차 감동어린 눈물을 흘리고 있다는 느낌으로 청어에 양파를 뿌려 먹었다. 그는 다시 경마 도박과 승리, 그리고 그가 어제 60루블을 지불했다는 파나마에서 온 밀짚모자에 대해 얘기했다. 그는 식욕만큼이나 왕성하게 거짓말을 했고, 청어를 먹었고, 술을 마셨다. 아들은 그렇게 묵묵히 1시간여를 앉아 있다가 작별 인사를 했다.

"잡을 수가 없구나."

노인이 오만한 목소리로 말했다.

"미안하구나, 얘야. 내가 네가 원하는 것처럼 살지 못해 말이다."

그는 뽐내며, 품위있게 너털웃음을 웃었으며 노파들에게 윙크했다.

"잘 가거라, 아들아!" 그는 아들을 현관까지 배웅하며 말했다.

"아땅데!"

어두컴컴한 바로 그 현관에서 그는 갑자기 아들의 옷소매에 얼굴을 묻고, 흐느껴 울었다.

"내가 쏘냐를 어루만져 볼 수 있다면!"

그는 울먹이는 목소리로 속삭였다.

"만나러 가자, 바론까. 내 천사! 난 면도하고, 네 양복을 입고……, 근엄한 얼굴을 하고……, 그 아이 앞에선 아무 말도 하지 않으마. 에이, 제기랄 입을 꼭 다물 테다."
    그는 노파들의 목소리가 들려 오는 문 쪽을 비굴하게 힐끔거린 후, 울먹임을 멈추고 크게 소리쳤다.
    "잘가라, 아들아! 아땅데!"

누렁이

1
나쁜 행동

여우를 닮은 젊은 갈색 개가——딱스(크지 않은 사냥견, 긴 몸체에 짧은 다리가 특징. 역주)와 잡종에서 나온——보도를 따라 불안스레 여기저기를 바라보며 뛰어다니고 있었다. 울면서 언 한쪽 발과 다른 쪽 발을 가끔씩 교대로 들어올리며 멈춰 섰다가 자신에게 무언가 설명하려 애쓰고 있었다. 어떻게 이런 일이 일어날 수 있었을까? 나는 길을 잃은 것일까?

누렁이는 자신이 하루를 어떻게 보냈는지를 아주 잘 기억하고 있었으나 마침내 이 낯선 길로 떨어지고 말았던 것이었다.

누렁이의 오늘 하루는 이렇게 시작되었다. 누렁이의 주인인 소목장이 루까 알렉산드로비치가 모자를 쓰고, 겨드랑이에 무언가 빨간 보자기에 싼 나무로 된 것을 끼고 소리쳤다.

"누렁아, 가자!"

누렁이는 자신의 이름을 듣고 단꿈에 젖은 작업대 밑 얇은 판자 위에서 기지개를 켠 후 주인을 향해 뛰쳐나왔다. 주문은 먼 곳에서 온 것이라 주인은 그들에게 가기 전 몇 번이고 선술집에 들러 원기를 북돋워야만 했다. 누렁이는 길을 가는 동안 자신이 매우 버릇없이 행동했음을 기억했다. 누렁이는 주인이 길을 떠나는데, 자신을 데려가 준다는 기쁨으로 뽈짝뽈짝 뛰어올랐고, 크게 짖으며 철도마차를 향해 돌진하기도 했으며 다른 개들을 쫓아 마당 여기저기를 뛰어다녔다. 소목장이는 누렁이가 눈에 보이지 않을 때마다 멈추어 서서 성난 목소리로 소리치곤 했다. 심지어 한번은 매우 화가 난 그가 여우 귀를 닮은 누렁이의 귀를 잡아당기며 성난 목소리로 으름장을 놓았다.

"너……주으글래……, 이 나아쁜 노옴아!"

주문자들에게 들르면서 루까 알렉산드로비치는 여동생에게 들러 목을 축이고 요기를 했다. 여동생 집에서 나온 그는 안면이 있는 재봉공에게 들렀으며, 재봉공에게서 선술집으로,

선술집에서 오랜 친구에게로……. 그리하여 누렁이가 이 낯선 길로 들어섰을 때는 이미 어둑어둑할 무렵이었고, 소목장이는 만취된 상태였다. 소목장이는 손을 사방으로 휘저으며 깊은 한숨 속에 중얼거렸다.

"죄 많은 내 엄마 뱃속에서! 오, 죄악이야! 죄악이야! 지금 우리는 길을 따라 걸으며 가로등을 바라본다. 그리고 그렇게 죽어 갈 거야. 하이에나의 불빛처럼 타오를 거야……."

문득 그는 아주 부드러운 목소리로 누렁이를 가까이 불러 이렇게 말했다.

"너 누렁이! 너는 벌레만도 못한 놈이야. 사람에 대한 너의 관계는 소목장이에 대한 목수의 관계와 같아."

그가 이렇게 누렁이와 얘기하고 있을 때, 갑자기 큰 음악 소리가 들려 왔다. 누렁이는 고개를 돌렸고, 길을 따라 이 쪽으로 병사들이 다가오는 것을 보았다. 누렁이는 신경을 거슬리게 하는 음악 소리에 요동치며 짖었다. 더욱이 누렁이를 놀라게 한 것은 소목장이 주인이 놀라거나 날카롭게 소리치는 대신 크게 미소 지으며 병사들을 향해 거수경례를 하는 것이었다. 주인이 낯선 병사들에게 대항하지 않는 것을 보고, 누렁이는 더욱 크게 짖어 대었으며 자신이 어떤 행동을 하고 있는지 이해하지 못한 채, 길을 건너 다른 쪽 인도로 돌진해 갔다.

얼마 후, 누렁이가 문득 정신을 차렸을 때는 음악 소리도 들리지 않았고, 연대도 보이지 않았다. 누렁이는 길을 건너 주인이 있던 곳으로 달려갔다. 그러나 소목장이 주인은 그곳에 없었다. 누렁이는 이리저리 뛰어다니며 다시 한 번 길을 건너갔다. 그러나 소목장이 주인은 땅으로 꺼져 버린 것이 분명했다……. 누렁이는 주인의 냄새로 그의 발자국을 찾을 것을 기대하며 길바닥의 냄새를 맡기 시작했다. 그러나 어떤 불한당이 새 고무신을 신고 지나갔는지 약한 주인의 냄새는 강한 고무 악취에 섞여 사라지고 말았다.

누렁이는 사방으로 뛰어다녔으나 주인을 찾지 못했다. 그 사이 이미 날은 어두워졌다. 길 양쪽의 가로등에 불이 들어오고, 건물의 창문마다에도 불빛이 비쳤다. 함박눈이 내려 말잔등과 마차 뚜껑을 하얗게 칠했으며 어둑해질수록 사람들이 많아졌다. 낯선 주문객들은 누렁이의 시야를 가리며 누렁이를 툭툭 치며 지나갔다. ──누렁이에게 있어 모든 인간은 매우 불평등한 두 가지 부류로 나누어진다. 주인과 주문자. 그 둘 사이에는 아주 커다란 차이가 존재했다. 첫번째 그룹은 누렁이를 때릴 수 있는 권리를 지녔고, 두 번째 그룹에 대해서는 누렁이가 그들의 장단지를 물 수 있는 권리를 지녔다. ──주문객들은 누렁이에게 아무런 주의도 기울이지 않은 채 어디론가 서둘러 갔다.

주위가 온통 어둠에 싸였을 때, 절망과 공포가 누렁이를 에워쌌다. 누렁이는 낯선 집의 문가에 앉아 슬프게 울기 시작했다. 루까 알렉산드로비치와의 하루에 걸친 여행이 누렁이를 피곤하게 했고, 그의 귀와 다리는 꽁꽁 얼어붙었으며 배가 매우 고파 왔다. 누렁이는 하루 종일 두 번밖에 먹을 기회가 없었다. 재봉공 집에서 밀가루 풀을 조금 먹었고, 한 선술집의 판매대 근처에서는 소시지 껍질을 발견했었다. 이것이 전부였다. 만일 누렁이가 사람이었다면 그는 이렇게 생각했을 것이다.

'아니야, 이렇게 산다는 것은 불가능해! 차라리 권총 자살이라도 하는 편이!……'

2
비밀스런 낯선 사람

누렁이는 무엇에 대해서도 생각지 않고 그저 울기만 했다. 부드러운 함박눈이 누렁이의 등과 머리를 완전히 뒤덮었을 때, 누렁이는 기진맥진한 채 무거운 졸음 속으로 빠져 들었다. 그 때 갑자기 현관문이 활짝 열리며 누렁이의 옆구리를 쳤다. 누렁이는 풀쩍 뛰어올랐다. 열린 문으로 주문자의 집단에 속하는 어떤 사람이 나왔다. 바로 그 때, 누렁이는 깨갱 소리를 냈고 그의 발밑으로 떨어졌다. 그래서 그는 누렁이를 눈치채지 않을 수 없었다. 그는 누렁이 쪽으로 몸을 숙이며 물었다.

"멍멍아, 너는 어디서 왔니? 내가 너를 다치게 했니? 어

유 가엾어라, 가엾어라……. 화내지 마, 응, 화내지 마
……, 내가 잘못했어."

누렁이는 속눈썹에 매달린 눈 사이로 낯선 사람을 바라보
았고, 자기 앞에 작고 뚱뚱한 사람이 깨끗하게 면도한 얼굴
로 모피 외투를 걸쳐 입은 채 서 있는 것을 보았다.

"너는 왜 그리 구슬프게 울고 있지?"

그는 누렁이의 등에서 손가락으로 눈을 털어 내며 계속했
다.

"네 주인은 어디 있어? 길을 잃은 게로구나. 아유 불쌍한
강아지. 어떻게 한담?"

낯선 사람의 따뜻하고 정감어린 목소리에 누렁이는 그의
손을 핥으며 더욱 처량하게 울었다.

"어유, 착하다. 그런데 넌 참 우습게 생겼구나!"

낯선 사람이 말했다.

"여우같이 생겼잖아! 그런데 어떻게 하지. 음, 나와 함께
가자! 어딘가에 네가 쓸모가 있을지 모르겠다……. 자, 가
자!"

그는 입술로 쪽 소리를 내며 누렁이에게 '가자!'라는 하나
의 의미밖에 지닐 수 없는 손짓을 했다. 누렁이는 그의 뒤를
따랐다.

반 시간이 채 못 되어 누렁이는 크고 환한 방의 마룻바닥
에 앉아 있었다. 머리를 허리 쪽에 대고, 감동과 호기심어린
눈빛으로 식탁에 앉아 식사를 하는 낯선 이를 주시하고 있었

다. 그는 음식을 먹으며 누렁이에게 조각들을 던져 주었다 ……. 처음에 그는 누렁이에게 빵 조각과 치즈 껍질을 주었고, 다음으로 고깃덩어리와 케이크 반 조각 그리고 닭뼈를 주었다. 누렁이는 그걸 최대한 빨리 삼켜 버렸고 그래서 미처 그 맛을 느낄 수도 없었다. 누렁이는 먹으면 먹을수록 더 배고픔을 느꼈다.

"네 주인은 너를 아주 굶긴 게로구나!"

낯선 이는 누렁이가 제대로 음식을 씹지도 않고 삼키는 것을 보고 이렇게 말했다.

"어쩌면 저렇게 말랐을 수가! 아주 뼈와 가죽이 붙었어 ……."

누렁이는 많이 먹었지만 배가 부르지 않았다. 단지 음식에 취했을 뿐이었다. 식사 후 누렁이는 방 한가운데에 길게 누워 몸 전체로 퍼지는 상쾌한 피로를 느끼며 다리를 쭉 뻗고 천천히 꼬리를 흔들기 시작했다. 그리고 누렁이의 새 주인이 안락 의자에 몸을 쭉 펴고 앉아 담배를 피우는 동안 누렁이는 심각한 문제에 대해 생각했다. 어느 곳이 더 좋은 곳일까 ——소목장이네일까, 아니면 이 낯선 사람의 집일까?

먼저 낯선 이의 주변 상황은 보잘것없고, 아름답지도 않다. 안락 의자와 소파 그리고 양탄자 이외에 그의 장식품은 아무것도 없다. 그래서 방은 텅 빈 것처럼 여겨진다. 그러나 소목장이의 집은 집 전체가 입추의 여지없이 물건들로 가득하다. 소목장이에게는 책상과 작업대와 대팻밥더미와 대패들, 조각용 칼, 끌, 정, 먼지, 풀, 대야…….

그리고 낯선 이의 집에는 아무런 냄새도 나지 않으나 소목장이의 집은 언제나 안개가 뿌옇게 껴 있고, 언제나 아주 기분 좋은 풀과 니스와 대팻밥 냄새가 난다. 그런데 낯선 이에게 있어 월등히 뛰어난 점은 무엇보다 먹을 것을 많이 준다는 것이다. 그렇기 때문에 그에게 받은 만큼 충복으로 은혜에 보답해야 한다. 누렁이가 식탁 앞에 앉아 그를 열심히 쳐다보고 있을 때에도 그는 누렁이를 때리지 않았고, 발로 차지도 않았으며 이렇게 소리치지도 않았다.

"꺼져, 이 멍청한 놈아!"

담배를 피운 후, 새 주인은 잠깐 나가서 손에 작은 방석을 들고 돌아왔다.

"어이 멍멍아, 이리 와 봐!"

그는 방석을 소파 근처의 구석에 놓으며 말했다.

"누워, 여기서 자."

그리고 그는 전등불을 끄고 밖으로 나갔다.

누렁이는 방석 위에 누워 눈을 감았다. 거리로부터 개짖는 소리가 들렸고, 누렁이는 그 소리에 답하고 싶었으나 갑자기 예기치 않은 우울이 누렁이를 감싸 왔다. 누렁이는 주인 루까 알렉산드로비치와 그의 아들 페두쉬까와 작업대 밑의 안락한 보금자리를 떠올렸다. 누렁이는 회상했다. 긴 겨울 밤, 소목장이 주인이 대패질을 하거나 큰 소리로 신문을 읽을 때, 보통 페두쉬까는 누렁이와 놀았었다……. 그는 누렁이

뒷다리를 잡아 작업대로부터 끌어 내 누렁이와 이런 장난들을 했다. 그럴 때마다 누렁이는 눈앞이 노래지고, 온몸의 관절 마디마디가 쑤시고 아팠다. 그는 누렁이에게 담배 냄새를 맡게 했다……. 그러나 특히 괴로웠던 그의 장난은, 페두쉬까가 작은 고깃덩이를 실로 묶어 누렁이에게 주고, 누렁이가 고깃덩이를 삼키면 그는 크게 웃으며 실을 잡아당겨 누렁이의 위에서 고깃덩이를 다시 끄집어 내는 것이었다. 그런 기억들이 또렷해질수록 누렁이는 더 크고 쓸쓸하게 훌쩍거렸다.

그러나 곧 피로와 온기가 누렁이를 우울로부터 이끌어 내 주었다. 누렁이는 잠들었다. 꿈 속에 개들이 뛰어다녔다. 그 중에는 오늘 길에서 보았던 눈에는 백내장이 끼었고, 코 주위에 털뭉치를 단 털이 텁수룩한 늙은 푸들이 여기저기를 뛰어다녔다. 페두쉬까는 손에 끈을 들고, 그 푸들을 쫓아다니고 있었다. 그 때 갑자기 페두쉬까가 텁수룩한 털로 덮이면서 유쾌하게 짖으며 누렁이 근처에 서 있었다. 누렁이와 그는 사이좋게 서로 코로 냄새 맡으며 거리를 뛰어다녔다…….

3
새롭고 유쾌한 만남

누렁이가 잠에서 깨었을 때는 이미 환했고, 거리에서는 한

낮의 소음들이 들려 왔다. 누렁이는 기지개를 켜고, 하품을 하고, 밝게 그러나 우울에 젖은 채 방 안을 돌아다녔다. 그는 방 구석과 가구를 냄새 맡고, 현관 쪽을 바라보았으나 흥미거리를 찾지 못했다. 그런데 현관 쪽을 향해 있는 문 이외에 또 하나의 다른 문이 있었다. 누렁이는 잠깐 생각한 뒤 두 다리로 문을 긁어 열고, 다른 방으로 들어갔다. 거기 융단 이불로 덮여 있는 침대 위에서 주문자가 자고 있었다. 누렁이는 그 사람이 어제의 낯선 사람임을 알아보았다. "끄응" 누렁이는 그르렁거리며 어제의 식사를 기억해 내고는 꼬리를 흔들며 냄새 맡기 시작했다.

누렁이는 낯선 이의 옷과 장화를 냄새 맡으며 그것에서 말 냄새가 난다는 것을 알아 내었다. 그리고 침실로부터 어딘가로 또 하나의 문이 있었고 그것 또한 닫혀 있었다. 누렁이는 이 문도 발로 긁고, 가슴으로 밀어서 열었다. 그리고 그와 동시에 매우 이상한, 수상한 냄새를 맡았다. 누렁이는 불쾌한 만남을 예감하며 으르렁거렸고, 여기저기를 살피며 더러운 벽지로 도배되어 있는 작은 방으로 들어섰다. 누렁이는 엄습하는 두려움으로 앞을 쳐다본 채, 거기서 예기치 않았던 무서운 것을 보았다. 목과 머리를 바닥으로 향하고, 날개를 펼치고, 똑바로 누렁이를 향해 회색거위 한 마리가 돌진해 왔다. 그리고 누렁이로부터 얼마 떨어지지 않은 곳에는 흰 고양이 한 마리가 누워 있었다. 누렁이를 본 그는 풀썩 뛰어올라 등을 구부리고, 꼬리를 떨며 털을 세우고, 누렁이를 위협

하기 시작했다. 누렁이는 매우 놀랐지만 자신의 공포를 드러내지 않으려 크게 짖으며 고양이를 향해 돌진했다……. 고양이는 더욱 힘차게 등을 세우고, 쉭쉭 소리를 내며 손바닥으로 누렁이의 머리를 때렸다. 누렁이는 풀쩍 뛰어올랐다가 고양이의 얼굴을 향해 네 다리로 곧게 버텨 섰다. 그리고 찢어질 듯한 목소리로 크게 짖기 시작했다. 바로 이 때, 거위가 뒤쪽으로 다가와 부리로 누렁이의 등을 아프게 찍었다. 누렁이는 다시 뛰어오르면서 거위를 향해 돌진했다.

"이게 무슨 일이야!"

성난 소리를 지르며 가운을 입은 낯선 이가 방으로 들어왔다.

그는 담배를 물고 있었다.

"뭣들 하는 거야 지금, 제자리로 가!"

그는 고양이에게 다가가 그의 굽은 등을 손가락으로 퉁기며 말했다.

"뾰뜨르 찌모페이찌! 이거 뭐 하는 겁니까? 지금 싸우는 겁니까? 이 늙은 악당 같으니라고, 누워!"

그리고 거위를 바라보며 소리쳤다.

"이반 이바노비치, 제자리로!"

고양이는 고분고분히 자기 방석으로 되돌아가 누워 눈을 감았다. 고양이의 얼굴 표정과 수염의 놀림으로 보아 고양이는 순간적인 흥분으로 이 싸움에 참가한 것에 대해 불만족해 하고 있었다. 누렁이는 슬픔에 훌쩍거렸고, 거위는 목을 길게 빼고 무언가에 대해 빠르고 열기 있게, 그리고 분명하게, 그러나 아무도 알아 듣지 못하게 말하기 시작했다.

"자, 됐어! 됐어!"

주인이 하품하며 말했다.

"조용히 사이좋게 지내야지."

그는 누렁이를 쓰다듬으며 말했다.

"너, 무서워할 것 없어……. 여긴 좋은 집단이야. 너를 놀리진 않아. 그런데 참 너를 뭐라 부르지? 이름이 없이는 곤란해."

낯선 이는 잠시 생각한 후 말했다.

"자, 그럼……너는……아줌마다……. 알겠어? 아줌마!"

그리고 몇 번 아줌마라는 단어를 반복하고 나서 낯선 이는 방을 나섰다.

누렁이는 앉아 고양이와 거위를 관찰하기 시작했다. 고양이는 미동도 없이 자는 척하고 있었고, 거위는 한 장소에서 목을 길게 빼고 무언가에 대해 빠르고 열정적으로 말하기를 계속했다. 거위의 행동으로 보아 매우 똑똑한 거위 같았다. 매번의 긴 장광설 후, 거위는 항상 놀란 듯 뒷걸음질하며 자신이 했던 연설에 감탄했다……. 거위의 말을 듣고, "끄응" 하고 누렁이가 대답했다. 누렁이는 방 구석구석을 냄새 맡기 시작했다. 한쪽 구석에는 작은 그릇이 놓여 있었는데 그 속에서 누렁이는 젖은 완두콩과 부푼 호밀 껍질을 발견했다.

누렁이는 완두콩을 조금 맛보았으나 맛이 없었고, 호밀 껍질을 맛보곤 먹기 시작했다. 거위는 처음 보는 개에게 먹이를 내어주고, 그것에 대해 더욱 열렬히 말하기 시작했다. 그리고 그러한 자신의 믿음을 보여 주기 위해 스스로 밥그릇 쪽으로 다가가 몇 개의 완두콩을 먹었다.

4
평균대의 기적

얼마의 시간이 지난 후, 다시 낯선 이가 들어왔다. 알파벳 'Π(빼)'자와 문을 닮은 물건을 들고 들어왔다. 거칠게 두들겨 맞춘 '빼' 모양의 나무 횡목 위에는 종이 매달려 있었고, 이것은 권총과 묶여 있었다. 그리고 종의 방울과 권총의 방아쇠로부터 줄이 길게 늘어져 있었다. 낯선 이는 '빼'를 방 한가운데에 놓고, 오랫동안 무언가를 묶었다 풀었다 한 다음 거위를 쳐다보며 말했다.
"자, 이반 이바노비치!"
거위는 그에게로 다가가 준비 자세로 멈추어 섰다.
"자."
낯선 이가 말했다.
"자, 처음부터 시작합시다. 먼저, 고개 숙여 인사를 해야지, 실시!"

거위는 목을 길게 빼고, 사방으로 고개를 끄덕거리며 발을 가볍게 부딪쳤다.

"자, 아주 잘 했어요……. 이제, 죽는다!"

거위는 등으로 누워 두 다리를 공중으로 향한 채 떨기 시작했다. 계속 몇 번을 이와 비슷한 놀이를 한 다음 낯선 이는 갑자기 머리를 움켜쥐고, 공포에 찬 얼굴로 소리치기 시작했다.

"으악! 불이다! 불!"

거위는 '빼' 쪽으로 달려가 부리로 밧줄을 물어 당기며 종을 치기 시작했다. 낯선 이는 매우 흡족한 얼굴로 거위의 목을 쓰다듬으며 말했다.

"잘 했어, 이반 이바노비치! 이제, 네가 금과 은을 파는 보석상이라 생각하는 거야. 네가 지금 너의 가게로 가고 있는데 그 안에서 도둑을 발견했어. 이런 경우 너는 어떻게 해야지?"

거위는 부리로 다른 밧줄을 물어 잡아당겼다. 그러자 귀를 멀게 하는 듯한 총성이 울렸다. 누렁이에게는 그 소리가 매우 마음에 들었고, 너무 기쁜 나머지 '빼' 주위를 뛰어다니며 짖기 시작했다.

"아줌마, 제자리로!"

누렁이에게 낯선 이가 소리쳤다.

"조용히 해!"

거위의 훈련은 사격으로도 끝나지 않았다. 한 시간 내내 낯선 이는 밧줄 위로 거위를 걷게 했고, 채찍을 치면 거위는 장애물을 뛰어넘고 둥근 테를 지나 뒷발로 서야 했다. 다시 말해서 거위는 꼬리로 앉아 두 발을 흔드는 것이었다. 누렁이는 거위에게 지나치게 집중한 나머지 자신에게 주어진 경고도 잊고, 몇 번이나 크게 짖으며 거위 뒤를 뛰어다녔다. 거위와 자기 자신을 지치게 한 낯선 이는 이마의 땀을 닦으며 소리쳤다.

"마리아! 하브로니야 이바노브나를 데려와."

잠시 후 꿀꿀거리는 돼지 소리가 들렸다……. 누렁이는 매우 겁먹은 모습으로 으르렁거리며 만일의 경우에 대비, 낯선 이의 곁으로 다가갔다. 방문이 열리고, 낯선 노파가 들어오면서 무언가를 중얼거리며 까맣고 매우 못생긴 돼지 한 마리를 풀어 놓았다. 누렁이의 으르렁거림에도 아무런 반응을 보이지 않으며 돼지는 주둥이를 위로 쳐들고 매우 유쾌하게 꿀꿀거리기 시작했다. 그러한 돼지의 표정으로 보아 돼지에게는 주인과 고양이와 거위를 보는 것이 매우 기쁜 것 같았다. 돼지는 고양이에게 다가가 고양이의 배를 콧등으로 살짝 건드리고, 거위와 무언가에 대해서 말하기 시작했다. 돼지의 행동과 목소리, 그리고 꼬리의 움직임에서 선함이 느껴졌다. 누렁이는 이런 상대에게 으르렁거리며 짖는 것이 아무런 소용이 없음을 곧 깨달았다. 주인은 '빼'를 치우고 소리쳤다.

"자, 뾰뜨르 찌모페이찌!"

고양이는 일어나서 게으르게 기지개를 켜고, 은혜를 베푸는 듯한 거만한 자세로 돼지에게 다가갔다.
 "자, 이집트 피라미드를 시작하자!" 주인이 말했다.
 그는 오랫동안 무언가에 대해 열심히 설명한 후, 명령했다.
 "하나, 둘, 셋!"
 거위는 셋이라는 말에 날개를 흔들며 돼지 등 위로 뛰어올랐다. 거위가 날개로 균형을 잡으며 뻣뻣한 등 위에 자리를 잡았을 때, 고양이는 기력없고 게으르게, 마치 자신의 예술을 대수롭지 않게 여기고 경멸한다는 듯이 돼지 등 위로 기어올랐다. 그리고 거위 등 위로 기어올라가 두 다리로 섰다. 낯선 이의 명령대로 이집트 피라미드가 된 셈이었다. 누렁이는 환희에 젖어 뛰어올랐지만 바로 그 때, 고양이가 하품을 하는 통에 균형을 잃고 거위 쪽으로 쓰러졌다. 거위 또한 균형을 잃고 쓰러졌다. 낯선 이는 두 팔을 흔들며 소리치기 시작했고, 다시 무언가를 설명하기 시작했다. 피라미드와 함께 한 시간여를 보내고도 지치지 않은 낯선 이는 거위에게 고양이를 타고 다니는 것을 가르쳤고, 다음으로 고양이에게 담배 피우는 것을 가르쳤다…….
 그들의 훈련은 낯선 이가 이마에서 땀을 닦아 내며 끝이 났다. 낯선 이는 방을 나갔고, 고양이는 신경질적으로 "후" 소리를 내며 방석 위에 누워 눈을 감았다. 그리고 거위는 밥그릇 쪽으로 향했고, 돼지는 노파가 데리고 나갔다. 오늘의 이 엄청나고 새로운 느낌 덕택에 누렁이의 하루는 금방 지나갔다. 저녁에 누렁이는 자신의 방석과 함께 더러운 벽지로 도배되어 있는 방으로 옮겨져 고양이와 거위의 사회에서 함께 생활하게 되었다.

5
재능, 탁월한 재능

한 달이 지나갔다. 누렁이는 이제 매일 저녁 맛있는 음식을 먹는 것과 아줌마라고 불리는 것에 익숙해졌고, 낯선 이와 새로운 룸 메이트들과도 친숙해졌다. 생활은 버터 위를 미끄러지듯 흘러갔다.

매일매일이 똑같은 시작이었다. 보통 가장 빨리 잠을 깨는 것은 이반 이바노비치였다. 거위는 일어나자마자 아줌마와 고양이에게로 다가가 목을 구부리고 무언가에 대해 정열적이고도 확신에 찬, 그러나 언제나처럼 아무것도 알아들을 수 없게 말하기 시작했다. 여느때 거위는 목을 위로 쭉 빼고 긴 독백을 했다. 누렁이가 거위를 처음 만났던 날, 누렁이는 거위가 매우 똑똑하기 때문에 말이 많다고 생각했었다. 그러나 얼마 지나지 않아 누렁이의 거위에 대한 존경심은 사라지고 말았다. 거위가 누렁이에게로 긴 연설을 가지고 다가오면 누렁이는 이제 꼬리를 흔들지도 않았고, 마치 지겨운 수다쟁이를 보듯이 콧방귀를 뀌었다. 거위는 누구도 단잠을 자지 못하게 했고, 그 때마다 누렁이는 참지 못하고 한숨 쉬었다.

"끄응……."

뾰뜨르 찌모페이찌는 대단한 신사였다. 그는 잠을 깨고 나서도 아무런 소리도 내지 않고, 움직이지도 않았으며 눈도 뜨지 않았다. 그가 활기 찬 모습으로 잠을 깨지 않는 이유는 그의 행동에서 알 수 있듯이 그는 삶을 좋아하지 않기 때문이었다. 그는 어느 것에도 관심이 없었으며 모든 것을 생기 없게 내키지 않는 표정으로 대했다. 그는 모든 것을 경멸했으며 음식을 먹을 때조차 신경질적으로 "후!" 소리를 냈다.

잠에서 깨어난 누렁이는 방을 이리저리 왔다갔다하고 방 구석구석을 냄새 맡기 시작했다. 단지 누렁이와 고양이에게만 집 전체를 돌아다니는 것이 허락되었다. 거위에게는 그 더러운 벽지로 도배된 방을 넘어설 권리가 없었고, 돼지는 마당 한켠에 있는 마구간에서 살았고, 훈련 시간에만 모습을 드러냈다. 주인은 늦게 일어나 차를 마시고, 언제나 정해진 시간에 놀이를 시작했다. 매일 방 안으로 '빼'와 채찍, 둥근 테를 가지고 들어왔으며 매일 거의 같은 일들을 반복했다. 훈련은 거의 서너 시간 계속되었는데 한번은, 고양이가 너무 지친 나머지 술취한 사람처럼 비틀거렸고, 거위는 부리를 열고 거칠게 숨을 내쉬었으며 주인은 빨갛게 상기되어 이마에서 땀을 씻어 낼 수조차 없었다.

훈련과 식사는 매일매일 매우 재미있었으나 보통 주인은 저녁때마다 어디론가 거위와 고양이를 데리고 나갔다. 혼자

남은 누렁이는 방석 위에 누워 우울에 잠기기 시작했다……. 우울은 누렁이를 자기도 모르는 사이에 에워싸고, 방 안의 어둠처럼 천천히 누렁이를 지배했다. 우울해지기 시작하면 누렁이에게는 짖거나, 먹거나, 방 안을 뛰어다니고 싶은 모든 욕구가 사라졌으며 심지어 무언가를 쳐다보려는 마음조차 없었다. 그 다음엔 누렁이의 공상 속에 어떤 분명하지 않은 두 개의 모습이 나타나는데, 그것은 개도 아니고 사람도 아닌 그러나 친근하고 귀여운 알아볼 수 없는 모습이었다. 그 모습이 나타나면 누렁이는 꼬리를 흔들었으며 마치 어디에선가 언젠가 보았고, 사랑했던 것처럼 느꼈다.

누렁이가 이제 완전히 새 생활에 익숙해지고, 비쩍 마르고 뼈가 앙상한 집지키는 개로부터 포동포동 살이 오른 응석받이 개로 변했을 때, 하루는 훈련을 시작하기 전 주인이 누렁이를 쓰다듬으며 이렇게 말했다.

"아줌마! 이제 우리에게도 일을 시작할 때가 되었어. 오랫동안 너는 빈둥거렸지. 나는 너를 배우로 만들고 싶어……. 아줌마 너는 배우가 되기를 원하니?"

그리고 그는 여러 가지 훈련을 누렁이에게 시키기 시작했다. 첫번째 수업에서 누렁이는 뒷다리로 서서 걷는 것을 배웠다. 그것은 누렁이를 매우 기쁘게 했다. 두 번째 수업 시간에 누렁이는 뒷다리로 높이 뛰어올라 주인이 누렁이 머리 위에 높이 들고 있는 각설탕을 잡아야만 했다. 그 다음, 다음 수업으로 러시아 민속춤을 추고, 밧줄 위를 뛰어다니고, 음악에 맞춰 짖고, 종을 치고, 총을 쏘았다. 그리고 한 달 후에는 성공적으로 훈련을 한 덕택에 고양이를 대신하여 '이집트 피라미드'를 하게 되었다. 누렁이는 매우 열심히 배웠고, 자신의 성공에 대해 매우 만족해했다. 혀를 빼물고 밧줄 위를 뛰어다니는 것, 둥근 테를 뛰어넘는 것, 늙은 거위 등을 타고 다니는 것은 누렁이에게 엄청난 쾌락을 안겨 주었다. 매번 그러한 놀이를 성공적으로 끝낼 때마다 누렁이는 기쁨에 찬 큰 목소리로 짖었고, 주인은 깜짝 놀라 그 또한 매우 기뻐하며 손바닥을 비볐다.

"대단한 재능이야! 탁월해!" 주인이 말했다.

"완벽한 재간꾼이야! 너는 아마 큰 성공을 얻게 될 거야."

그러면 아줌마도 그 재능이란 말에 익숙해져서 매번 주인이 그것을 발음할 때마다 높이 뛰어오르며 마치 그것이 자신의 별명인 듯 주위를 살펴보았다.

6
불안한 밤

아줌마는 개꿈을 꾸었다. 수위가 빗자루를 들고 아줌마를 쫓았고, 아줌마는 공포에 떨며 잠을 깼다.

방 안은 조용하고, 어둡고 매우 답답했다. 벼룩이 아줌마를 물었다. 아줌마는 한번도 어둠을 무서워한 적이 없었으나 지금은 왠지 불안하게 느껴졌고, 짖고 싶었다. 옆방에서는 주인이 거친 숨을 내쉬었고, 마구간에서는 돼지가 꿀꿀거렸고 그 다음 다시 모든 것이 잠잠해졌다. 먹는 것에 대해 생각할 때면 만사는 단순해지는 법이라 아줌마는 오늘 뾰뜨르 찌모페이찌로부터 훔쳐 내어 장롱과 벽 사이에 숨겨 놓은 닭발에 대해 생각하기 시작했다. 그 곳 거미집과 먼지가 매우 많은 그 곳. 지금 가 본다 해도 방해할 것은 아무것도 없다. 닭발은 그대로 있을까? 주인이 이미 그것을 찾아 내 먹어 버렸을 수도 있다. 하지만 아침이 밝아 올 때까지 절대 방 밖을 나가서는 안 된다——이것은 규칙이다. 아줌마는 빨리 잠들기 위해 눈을 감았다. 아줌마는 경험을 통해 빨리 잠들수록 아침이 빨리 온다는 것을 알고 있었다. 그런데 별안간 아줌마로부터 멀지 않은 곳에서 아줌마를 깜짝 놀라게 하고, 네 다리로 벌떡 일어서게 하는 이상한 소리가 들렸다. 이건 이반 이바노비치가 소리친 것인데 이 외침 소리는 여느때처럼 수다스럽거나 확신에 찬 것이 아닌, 어떤 야만적이고 날카로운 그리고 부자연스런 그런 소리로 마치 문이 열릴 때 삐걱거리는 소리 같았다. 아줌마는 어둠 속에서 아무것도 볼 수가 없었고, 아무것도 이해하지 못한 채 더 무서운 공포감을 느끼고 중얼거렸다.

"끄응······."

몇 개의 맛있는 뼈를 삼켰을 만한 시간이 흘렀으나 외침 소리는 반복되지 않았다. 아줌마는 조금씩 안정을 되찾고 졸기 시작했다. 아줌마의 꿈 속에 넓적다리와 옆구리에 작년의 털뭉치가 남아 있는 두 마리의 커다란 검은 개가 보였다. 그 검은 개들은 커다란 대야에 담겨 있는 김이 무럭무럭 나는 구정물을 아주 탐욕스럽게 먹었는데 그 구정물에서는 아주 맛있는 냄새가 풍겨 왔다. 검은 개들은 가끔씩 아줌마를 힐끔거리며 이를 드러내고 으르렁거렸다.

"너는 어림도 없어!"

그 때 갑자기 모피 외투를 입은 한 남자가 채찍을 휘두르며 뛰어나와 검은 개들을 쫓았고, 그 사이 아줌마는 대야로 다가가 먹기 시작했다. 그런데 그 남자가 집 안으로 들어가자마자 두 마리의 검은 개는 사납게 짖어 대며 아줌마에게 달려들었다. 바로 이 때, 또 한 번의 날카로운 비명 소리가 들렸다.

"꽤게! 꽤에게!"

이반 이바노비치가 소리쳤다.

아줌마는 잠에서 깨어 풀쩍 뛰어올라 방석에 선 채 작게 짖었다. 아줌마에게는 거위가 소리치는 것이 아니라 지나는 행인이 괴성을 지른 것처럼 느껴졌다. 그리고 무엇 때문인지 돼지가 또다시 꿀꿀거렸다. 그리고 실내화 끄는 소리가 들리면서 방 안으로 가운을 걸치고, 손에 촛불을 든 주인이 들어왔다. 작은 불빛이 더러운 벽지와 천장을 따라 흘러들어와 어둠을 쫓았다. 아줌마는 방 안에 아무도 낯선 사람이 없음을 확인했다.

거위는 바닥에 앉아, 자지 않고 있었다. 거위는 보통 매우 피곤하거나 목이 마를 때에만 취하는 그런 자세로 두 날개를 쭉 펴고 부리를 열고 있었다. 고양이 또한 자지 않고 있었다. 분명 비명 소리에 잠을 깼을 것이다.

"이반 이바노비치, 왜 그래?"

주인이 거위에게 물었다.

"왜 소리치는 거야. 너 아프니?"

거위는 아무런 대꾸도 없었고, 주인은 그의 목을 어루만져 주고 등을 쓰다듬으며 말했다.

"너는 괴짜야. 잠도 안 자고, 왜 다른 사람도 못 자게 하는 거야."

주인이 촛불을 들고 방 안을 나갔을 때, 다시 어둠이 찾아왔다. 아줌마는 무서웠다. 거위는 소리치지 않았지만 아줌마에게는 다시 어둠 속에 누군가 낯선 사람이 서 있는 것처럼 느껴졌다. 아줌마에게 더더욱 무섭고 불안한 것은 그가 보이지도 않고 형체도 없었기에 물 수 없다는 점이었다. 그리고 아줌마는 왠지 이 밤에 필연적으로 무언가 매우 나쁜 일이 일어날 것 같다는 생각을 했다. 고양이 또한 불안해하고 있었다. 아줌마는 고양이가 방석 위에서 움직이고, 하품하고, 머리를 흔드는 소리를 들었다.

어딘가에서 문 두드리는 소리가 들렸고, 마구간에서 돼지가 꿀꿀거렸다. 아줌마는 구슬프게 울었고, 앞다리를 들어 얼굴을 감쌌다. 문 두드리는 소리나 무엇 때문인지 잠들지 않은 돼지의 꿀꿀거리는 소리에서, 그리고 어둠과 정적 속에서 아줌마는 무언가 거위의 비명 소리에서처럼 우울하고 무서운 것을 느꼈다. 모든 것이 불안과 불편함 속이었다. 그런데 왜? 보이지 않는 이 낯선 사람은 누구일까? 바로 아줌마 근처에서 순간적으로 두 개의 흐릿한 녹색 불꽃이 빛났다. 이것은 그들의 첫 만남 이후, 고양이가 처음으로 아줌마에게 다가온 것이었다. 고양이에게 무엇이 필요했을까? 아줌마는 고양이에게 묻지 않은 채 고양이의 다리를 핥아 주었고, 여러 가지 목소리로 조용하게 짖었다.

"꽤게!"

거위가 또다시 비명을 질렀다.

"꽤에게!"

다시 문이 열리고 주인이 촛불을 들고 들어왔다. 거위는 여전히 똑같은 자세로 날개를 쭉 펴고 입을 벌린 채 앉아 있었다. 거위의 눈은 감겨 있었다.

"이반 이바노비치!" 주인이 불렀다.

거위는 움직이지 않았다. 주인은 거위 앞에 앉아 침묵한 채 거위를 쳐다보다가 말을 이었다.

"이반 이바노비치! 이게 어찌 된 일이야! 너 죽는 거야? 아, 그러고 보니, 그러고 보니!"

그는 소리치며 자신의 머리를 감싸쥐었다.

"왜 이런지 알겠어! 오늘 말에 치였었지! 세상에, 세상에!"

아줌마는 주인이 무엇을 말하는지 이해하지 못했지만, 그의 얼굴 표정으로 보아 무언가 무서운 것을 기다린다는 것을 알았다. 아줌마는 낯선 사람이 들여다보고 있는 듯한 어두운 창문 쪽으로 얼굴을 쭉 빼고 짖기 시작했다.

"거위는 죽어. 아줌마!"

주인이 두 손을 꼭 쥐며 말했다.

"그래, 그래. 죽는다고! 너희들의 방으로 죽음이 찾아온 거야, 이제 우린 어떻게 하지?"

창백하고 불안에 찬 주인은 한숨 속에 머리를 흔들며 자기 침실로 돌아갔다. 아줌마는 어둠 속에 남아 있는 것이 편치 않아 그의 뒤를 따라갔다. 주인은 침대 위에 앉아 몇 번이고 반복해 말했다.

"세상에, 이제 어떻게 한담?"

아줌마는 무엇 때문에 자신이 이렇게 우울한지, 무엇 때문에 이렇게 불안한지를 이해하지 못한 채 주인의 발 주위를 오갔다. 그리고 이 모든 것을 이해하려 애쓰며 주인의 모든 움직임을 쫓았다. 언제나 자신의 방석을 떠나지 않던 고양이도 주인의 방에 들어와 그의 다리에 몸을 비비기 시작했다. 고양이는 마치 자신의 머리로부터 괴로운 생각들을 떨쳐 버리려는 듯 머리를 흔들었고, 수상스러운 눈초리로 침대 밑을 주시했다. 주인은 작은 접시를 꺼내어 그의 세면대에서 물을 받아 다시 거위에게로 향했다.

"마셔, 이반 이바노비치!"

그는 거위 앞에 접시를 내밀며 부드럽게 말했다.

"마셔, 귀여운 친구야."

그러나 거위는 미동도 하지 않았다. 주인은 거위의 머리로 접시를 갖다 대고, 부리에 물을 부었으나 거위는 먹지 않았고, 날개를 더 넓게 펴고, 접시 옆에 머리를 기댄 채 움직이지 않았다.

"안 돼, 이제 아무것도 할 수 없어!"

주인은 한숨을 내쉬었다.

"모든 것이 끝났어! 이반 이바노비치는 죽었어!"

주인의 볼을 따라 비가 올 때 창문에서 볼 수 있는 반짝이는 물방울이 흘러내렸다. 무슨 일인지 이해하지 못한 채 아줌마와 고양이는 안타까워하며 공포에 질린 눈으로 거위를 바라보았다.

"가엾은 이반 이바노비치!"

주인은 울먹이는 목소리로 한숨 쉬며 말했다.

"봄에 너를 별장으로 데리고 가, 너와 함께 파란 풀밭을 산책하려 했는데, 내 좋은 친구, 그런 네가 벌써 세상에 없다니! 너 없이 이제 모든 걸 어떻게 해 나가지?"

아줌마는 자신에게도 이와 똑같은 일이 일어날 것이라고 여겨졌다. 이렇게 이유를 모른 채 눈을 감고, 다리를 쭉 뻗고, 이를 드러내고 그리고 모든 사람들은 자신을 공포에 찬 눈으로 쳐다보고……. 고양이의 모습으로 보아 고양이도 그와 똑같은 생각을 하고 있는 것 같았다. 예전에는 한 번도 늙은 고양이가 지금처럼 이렇게 우울하고 쓸쓸해한 적이 없었다.

새벽이 되었다. 그리하여 방 안에는 그렇게 아줌마를 놀라게 했던 낯선 모습은 더 이상 없었다. 완전히 날이 밝을 무렵, 수위가 방으로 들어와 거위의 다리를 잡고 어디론가 가져갔다. 그리고 얼마 후 노파가 나타나 거위의 밥그릇도 치워 버렸다.

아줌마는 거실로 들어가 장롱 뒤를 살펴보았다. 주인은 닭발을 먹지 않았고, 그것은 원래대로 먼지와 거미줄 속에 놓여 있었다. 그러나 아줌마는 우울했고, 울고 싶었다. 아줌마는 심지어 닭발 냄새도 맡지 않은 채 소파 밑으로 다가가 앉아 가는 목소리로 구슬프게 울기 시작했다.

"스꾸, 스꾸, 스꾸······."

7
어떤 데뷔

어느 아름다운 날 저녁, 주인은 더러운 벽지로 도배되어 있는 방으로 와서 손바닥을 문지르며 말했다.

"자······."

주인은 무언가 더 말하고 싶어했으나 말을 멈추고 나갔다.

훈련 시간에 아주 훌륭하게 익힌 아줌마는 주인의 얼굴과 어조로 그가 매우 흥분하고, 근심하고 어쩌면 화가 나 있을지도 모른다고 생각했다. 얼마 후, 주인이 다시 돌아왔다.

"나는 오늘, 아줌마와 뽀뜨르 찌모페이찌를 데려가겠어. 이집트 피라미드에서 아줌마는 죽은 이반 이바노비치를 대신하는 거야. 제기랄, 하나도 준비되지도 않았고, 제대로 가르치지도 못했고, 총연습도 거의 못 했어. 자신의 이름을 더럽힐 수도 있다고!"

그리고 주인은 다시 나갔다가 모피 외투를 입고 돌아왔다. 그는 고양이에게 다가가 그의 앞다리를 잡아 들어올려 외투의 가슴팍으로 집어넣었다. 그런데도 고양이는 매우 냉정하게 움직였고, 심지어 눈을 뜨려고조차 하지 않았다. 고양이의 그러한 모습으로 보아 고양이에게는 모든 것이 아무래도 상관이 없는 듯했다. 누워 있거나, 다리를 붙잡혀 들어올려지거나, 주인의 가슴팍에 옮겨지거나, 방석 위에서 빈둥거리거나…….

"아줌마, 가자!"

멍하니 꼬리를 흔들며 아줌마는 주인의 뒤를 따랐다. 잠시 후, 아줌마는 이미 썰매 위 주인의 발 옆에 앉아 있었다. 그리고 주인이 어떻게 추위와 흥분으로 인해 몸을 구부리며 중얼거리는지를 들었다.

"자신의 이름을 더럽히고 실패하는 거야!"

썰매는 뒤집어놓은 수프 그릇처럼 커다랗고 이상하게 생긴 집 근처에 멈추어 섰다. 삼면이 유리로 되어 있는 이 집의 긴 입구는 불빛으로 대낮처럼 환했다. 문은 소리를 내며 열렸고, 새롭게 나타나는 사람들을 삼켜 댔다. 사람들은 매우 많았고, 자주 입구 쪽으로 말들이 달려왔다. 하지만 개의 모습은 보이지 않았다.

주인은 아줌마를 잡아 그의 외투 가슴팍 고양이가 있는 곳으로 집어넣었다. 그 곳은 어둡고 답답했지만 따뜻했다. 순간적으로 두 개의 흐릿한 녹색 불꽃이 반짝였다. 아줌마의 차갑고 거친 발로 인해 고양이가 눈을 뜬 것이다. 아줌마는 가능한 한 편하게 앉기를 바라며 고양이의 귀를 핥아 주었고, 자신의 차가운 발로 고양이를 눌러 밟으며 부산하게 몸을 움직였다. 그래서 외투로부터 얼굴이 빠져 나오는 순간 아줌마는 놀라 중얼거리며 다시 외투 속으로 급히 잠수했다. 아줌마는 화려한 조명 속에 괴물들로 가득 찬 거대한 방을 본 것 같았다. 방의 두 방향으로부터 늘어져 있는 울타리와 칸막이 뒤로부터 무시무시한 낯짝들이 두리번거리고 있었다. 말의 얼굴, 뿔이 난 것들, 귀가 긴 것들, 그리고 매우 뚱뚱하고 엄청난 낯짝, 코 대신 꼬리가 달린, 튀어나온 입 근처에 뼈가 달린 낯짝 등을 보았다.

고양이는 아줌마의 발 밑에서 식식거리며 야옹거리기 시작했다. 그래서 외투가 부풀어올랐을 때,

"뛰어내려!"

주인이 외투를 열며 말했다.

고양이와 아줌마는 바닥으로 뛰어내렸다. 그들은 회색 널판지로 짜맞춘 벽으로 된 작은 방 안에 있었다. 이 곳에는 거울이 달린 작은 책상과 등받이가 없는 걸상, 구석마다 여기저기 걸려 있는 넝마조각 외에 다른 가구는 없었다. 그리고 전등과 촛불 대신 벽에 관을 박아 만든 부채 모양의 밝은 불꽃이 타고 있었다. 고양이는 자신의 털과 어리둥절한 아줌마를 핥고 나서 걸상 밑으로 들어가 누웠다.

주인은 아직도 흥분한 채 옷을 벗기 시작했다. 그는 항상 집에서 융단 이불에 눕기 전 옷을 벗는 것처럼 그렇게 속옷만 남기고 모두 벗었다. 그리고 걸상에 앉아 거울을 바라보며 자신에게 엄청난 장난을 하기 시작했다. 그는 뿔처럼 꼬불꼬불 감긴 가르마 있는 가발을 썼고, 그리고 무언가 하얀 것으로 얼굴에 두껍게 칠했다. 그리고 이것으로도 모든 게 끝나지 않았다. 그는 얼굴과 목을 완전히 더럽히고 난 후, 어떤 옷과도 비교할 수 없는 옷을 입기 시작했다. 아줌마는 예전에 이런 것을 집에서도 거리에서도 한 번도 본 적이 없었다. 커다란 꽃무늬가 수놓아진 엄청나게 넓은 바지, 여느 집에서 커튼이나 가구 씌우개로 쓰일 법한 그런 것을 주인은 자신의 몸에 걸친 것이다. 바지의 한쪽은 갈색 그림이 수놓아져 있었고, 다른 쪽은 밝은 노란색으로 수놓아져 있었다. 그리고 마지막으로 주인은 커다란 톱니 모양의 옷깃이 달리고 등에 금빛 별이 박힌 점퍼를 입었다. 그리고 여러 가지 빛깔의 스타킹과 녹색 반장화…….

아줌마의 눈과 마음은 알록달록해졌다. 하얀 얼굴을 한 자루 같은 모습에서 주인의 냄새가 풍겼다. 그의 목소리 또한 주인의 것이었으나 아줌마는 그것을 믿을 수 없었다. 아줌마는 이미 이 알록달록한 형상으로부터 짖고 도망칠 준비가 되어 있었다. 낯선 곳, 부채 모양의 불, 냄새, 엄청난 변신을 한 주인, 이 모든 것들이 아줌마에게 알 수 없는 공포와 무언가 무시무시한 것을 만날 것이라는 예감을 들게 했다. 더군다나 어딘가로부터 아줌마가 증오하는 음악 소리가 들려 왔다. 이것은 이해할 수 없는 환호성 같았다. 그러나 이런 와중에 아줌마가 조금 안심할 수 있었던 것은 고양이의 태연함이었다. 고양이는 의자 밑에서 조용히 졸고 있었는데 의자가 움직일 때조차 눈을 뜨지 않았다.

연미복과 흰 조끼를 입은 낯선 사람이 방 안을 들여다보고 말했다.

"지금, 미스 아라벨라의 순서예요. 그 다음이 당신입니다."

주인은 아무런 대답도 하지 않았다. 그는 책상 밑에서 그리 크지 않은 가방을 꺼내 놓고 앉아 자신의 차례를 기다리고 있었다. 그의 숨결과 손가락의 떨림으로 아줌마는 그가 흥분하고 있음을 알 수 있었다.

"므시외 조르주의 순서입니다!"

누군가 문 앞에서 소리쳤다.

주인은 일어나서 세 번 성호를 그은 다음 의자 밑으로부터 고양이를 꺼내 가방 안에 넣었다.

"가자, 아줌마." 주인은 조용히 말했다.

아줌마는 어리둥절한 채 그의 손 쪽으로 다가갔다. 그는 아줌마의 머리에 입맞추고 고양이 옆에 아줌마를 넣었다. 어둠이 찾아왔다. 아줌마는 고양이 옆으로 다가가 가방의 벽을 할퀴었으나 두려움 때문에 어떤 소리도 낼 수 없었다. 가방이 마치 파도처럼 출렁거리고 떨렸다…….

"자, 여기 내가 왔어요!" 주인이 크게 소리쳤다.

"내가 왔습니다!"

이 고함 소리 후 가방은 멈춰졌다. 우렁찬 환호성이 들렸다. 누군가에게 박수를 보내는 것 같았다. 아마 그 코 대신 꼬리가 달린 낯짝이 이렇게 소리치고 크게 웃는 것일 게다. 이 때 가방의 자물쇠가 흔들렸다. 이 함성 소리에 대한 대답으로 주인의 날카롭고 목이 찢어질 듯한 웃음 소리가 들렸다. 집에서 주인은 한 번도 이렇게 웃어 본 적이 없었다.

"카아!"

주인은 고함 소리를 멈추려 애쓰며 소리쳤다.

"여보세요, 여러분들! 나는 지금 막 역에서 왔습니다! 우리 할머니가 돌아가셨는데 나에게 많은 유산을 남겨 줬답니다! 이 가방 속에 아주 무거운 것이, 아마도 금이겠지……. 카아아! 갑자기 여기서 많은 돈이 쏟아진다면! 지금 우리가 열어 봅시다!……."

가방 자물쇠가 움직였다. 강한 빛이 아줌마의 눈을 때렸다. 아줌마는 가방 속으로부터 뛰어나와 귀를 멀게 할 듯한 탄성 속에 목청껏 짖으며 주인의 주위를 뛰어다니기 시작했다.

"캬아!"

주인이 소리치기 시작했다.

"뾰뜨르 찌모페이찌 아저씨! 친애하는 아줌마! 사랑스런 친척들! 제기랄!"

주인은 모래 위에 엎어져 고양이와 아줌마를 움켜쥐고 들어올렸다. 그가 아줌마를 꽉 껴안고 있는 사이 아줌마는 운명이 자신을 인도한 이 세계를 바라보았다. 아줌마는 이 곳의 거대함에 기가 죽어 순간적으로 놀라움과 기쁨으로 몸이 굳어 옴을 느꼈다. 그리고 주인의 품에서 뛰쳐나와 촉각을 예민하게 곤두세우며 팽이처럼 한 장소를 뱅뱅 돌기 시작했다. 새 세상은 거대했고, 환한 빛으로 가득했다. 땅바닥에서 천장까지 휘돌아보면 모두가 얼굴, 얼굴뿐이었다.

"아줌마, 앉아 주세요!" 주인이 소리쳤다.

아줌마는 이것이 무엇을 의미하는지를 기억해 내고는 걸상으로 뛰어올라 앉았다. 아줌마는 주인을 주의 깊게 쳐다보았다. 주인은 언제나처럼 신중하고 부드러운 눈을 하고 있었으나 그의 얼굴은 특히 입과 이빨은 움직이지 않는 커다란 미소로 인해 추하게 일그러져 있었다. 주인은 크게 웃고, 어깨를 크게 움직이며 걸으면서 자신이 많은 사람 앞에 선 것이 유쾌하다는 듯이 행동했다. 아줌마는 주인의 유쾌함을 믿었다. 그리고 갑자기 자신의 여우같이 생긴 얼굴을 수천의 얼굴들이 응시하고 있음을 깨닫고, 기쁨에 찬 목소리로 짖어 대기 시작했다.

"아줌마는 잠깐 앉아 계세요!" 주인이 말했다.
"나와 아저씨는 잠깐 민속 무용을 추어 보겠어요."

고양이는 기다렸다는 듯 냉정하게 주위를 돌아본 후 일어섰다. 고양이는 내키지 않는다는 듯 기력없이 춤을 추었다. 고양이의 꼬리와 수염의 움직임으로 보아 고양이는 군중과 강렬한 빛과 주인과 자기 자신을 깊이 경멸하고 있었다. 춤을 추고 나서 고양이는 하품을 하고 자리에 앉았다.

"자, 아줌마!"
주인이 아줌마를 불렀다.
"우리는 먼저 노래를 부르고, 그 다음 춤을 추도록 해요, 좋아요?"

주인은 주머니에서 피리를 꺼내 불기 시작했다. 아줌마는 피리 소리를 듣지도 않고 불안하게 걸상 위를 움직이며 짖기 시작했다. 여기저기서 환성과 박수 갈채 소리가 들려 왔다. 주인은 크게 절하고 다시 조용해졌을 때, 피리 불기를 계속했다. 노래를 부르는 동안 아주 높은 음에서, 사람들 가운데 위쪽에서 누군가 크게 소리 지르는 것이 들려 왔다.

"아빠!" 아이가 소리쳤다.
"저기, 누렁이 같아!"
"그래, 누렁이잖아!"

떨리는 톤의 술취한 목소리가 소리쳤다.
"누렁아! 페두쉬까, 저건, 세상에 이럴 수가, 누렁이다!"
누군가 휘파람을 불었고, 아이와 어른의 목소리가 합쳐져 소리쳤다.
"누렁아! 누렁아!"
아줌마는 몸을 떨며 그 쪽을 쳐다보았다. 두 개의 얼굴——머리숱이 많고, 술에 취한 싱글거리는, 그리고 퉁퉁한 붉은 볼의 놀란——이 아줌마의 눈을 강하게 파고들었다. 아줌마는 기억을 되찾고, 의자 아래에 몸을 숨겼다가는 기쁨에 찬 소리와 함께 뛰어올라 그 얼굴들을 향해 돌진했다. 고막이 터질 듯한 환성과 휘파람 소리가 날카로운 아이의 목소리를 통해 들려 왔다.
"누렁아! 누렁아!"
아줌마는 장애물을 뛰어넘었고, 누군가의 어깨를 넘어 그리고 누군가의 다리 근처에서 정신을 차렸다. 위층으로 가기 위해서는 높은 벽을 뛰어넘어야만 했다. 아줌마는 높이 뛰었으나 미치지 못하고 벽을 따라 미끄러졌다. 그 다음 아줌마는 손에서 손으로 옮겨졌다. 누군가의 손, 그리고 누군가의 얼굴을 핥으며 점점 더 높게 높게 옮겨져 마침내 그 곳에 도착했다.

반 시간 후, 누렁이는 풀과 니스 냄새가 나는 사람들을 따라 거리를 걷고 있었다. 루까 알렉산드로비치는 시궁창에 여러 번 빠져 본 경험이 있었으므로 될 수 있는 한 그 쪽에서 멀리 떨어져 걷고 있었다.

"내 내부의 악의 심연에서 굴렀어……." 그는 중얼거렸다.

"그런데 너, 누렁이 잘 들어! 사람에 대한 너의 관계는 소목장이에 대한 목수의 관계와 같은 거야!"

그들 옆으로 페두쉬까가 아빠의 테 없는 모자를 쓰고 걷고 있었다. 누렁이는 그들의 뒷모습을 바라보았다. 누렁이에게는 이미 자신이 오래 전부터 그들 뒤를 걸어가고 있었던 것처럼 여겨졌고, 자신의 삶이 순간적으로 끊기지 않는 것이 기뻤다. 누렁이는 더러운 벽지로 도배된 방과 거위와 고양이, 맛있는 식사와 훈련, 그리고 서커스를 기억했다. 그러나 지금은 이 모든 것이 누렁이에게 마치 긴, 그리고 헷갈린 괴로운 꿈처럼 여겨졌다.

다락이 있는 집
어느 화가의 이야기

1

이것은 내가 6, 7년 전 T 현에 있는 한 군의 젊은 영주 벨로꾸로프의 영지에서 살고 있을 무렵의 이야기이다. 젊은 영주는 매일 아침 일찍 일어나 반코트를 걸치고 돌아다녔으며, 저녁이면 으레 맥주를 마시고는 자신은 어디에서도 누구와도 공감할 수 없다고 내게 불평을 늘어놓곤 했었다. 그는 정원에 있는 곁채에 살았고, 나는 가구라고는 침대로 사용하는 넓은 소파와 그리고 내가 카드점을 보았던 탁자 외에는 아무것도 없는 큰 홀에 큰 기둥이 서 있는 낡은 안채에서 살았다. 거기서는 항상, 심지어 날씨가 좋은 날에도 낡은 아모스식 벽난로에서 낮고 둔탁한 소리가 들렸고, 소나기라도 오는 날에는 집채가 흔들렸으며 금방이라도 집이 무너져 내릴 것 같았다. 특히 한밤중에 열 개나 되는 커다란 창문을 갑자기 번갯불이 가를 때면 오싹 소름이 돋기까지 했다.

반복되는 일상의 태만으로 인해 예감할 수 없는 운명 속에 처한 나는 결정적으로 아무것도 하지 않고 있었다. 한 시간 동안이라도 나는 내내 창문을 통해 하늘이나 새들, 오솔길들을 바라볼 수 있었고, 우체국에서 내게로 배달되는 것을 모두 읽었으며, 그도 시들해지면 잠을 잤다. 가끔 나는 집을 나와 어디든 어슬렁거렸다.

어느 날 나는 집으로 돌아오는 길에 어느 낯선 저택에 들르게 되었다. 태양은 이미 모습을 감추었고, 싱싱한 호밀 줄기로부터 저녁의 그림자가 늘어져 있었다. 빽빽이 들어찬 키 큰 전나무는 마치 두 줄로 늘어선 벽처럼 어둡고 아름다운 오솔길을 이루고 있었다. 나는 가볍게 울타리를 넘어 땅바닥에 쌓인 전나무 잎에 미끄러지면서 오솔길을 따라 걸었다. 주위는 조용하고 어두웠으며 단지 나무꼭대기 어디에선가 선명한 금빛이 떨렸고, 거미집으로 무지개를 흘렸다. 숨막힐 듯 강한 침엽수의 향내음이 풍겨 왔다. 이윽고 나는 보리수가 늘어선 오솔길로 접어들었다. 이 곳 또한 황량함과 노쇠함이 풍겨났다. 해묵은 낙엽들이 발 밑에 바스락거렸고, 노을빛을 받은 수목들 사이로 그림자가 기웃거렸다. 오른쪽에 있는 과수원에서 꾀꼬리의 가냘픈 울음 소리가 들렸다. 그런데 그렇게 보리수나무 숲이 끝나고, 테라스와 다락방이 있는 하얀 집 옆을 지나게 되었다. 내 앞에는 예기치 않았던 귀족풍의 정원과 수영장이 있는 연못, 짙푸른 버드나무가 우거지고 건너편으로 농부들의 마을이며 빛나는 십자가 밑에 높게 종이 매달린 종루(鐘樓)가 펼쳐졌다. 바로 그 순간 언젠가 내가 어린 시절 이 풍경을 본 적이 있는 것처럼 친근하고 낯익은 마력이 나를 사로잡았다.

정원에서 들로 통하는 좌우로 사자상이 있는 흰 석조 대문 옆에 두 아가씨가 서 있었다. 그들 중 나이가 많아 보이는 아가씨는 날씬한 몸매에 창백하고 아름다웠으며 밤색 머리칼과 고집스러워 보이는 입을 하고 있어 조금 날카로운 인상을 풍겼으며, 실제로 그녀는 내게 주의를 기울이지 않았다. 다른 아가씨는 열일곱, 여덟쯤 돼 보였고, 역시 날씬한 몸매에 큰 입과 눈망울을 가진 시원스럽게 생긴 아가씨였다. 내가 그녀들 곁을 스쳐 지날 때, 이 아가씨는 놀란 눈을 하고는 영어로 무언가를 중얼거렸다. 내겐 이 사랑스러운 두 아가씨 또한 오래 전에 알고 지냈던 사람들처럼 친근하게 느껴졌다. 그래서 나는 마치 유쾌한 꿈을 꾼 듯한 느낌으로 집으로 돌아왔다.

그로부터 며칠 후, 정오 무렵의 일이었다. 내가 벨로꾸로프와 집 근처를 산책하고 있을 때, 풀밭을 가르며 마차 한 대가 마당으로 들어섰다. 얼마 전 우연히 만났던 그 아가씨들 중 나이가 많아 보였던 아가씨였다. 그녀는 화재 의연금을 걷기 위해 서명 용지를 들고 왔다. 그녀는 우리를 바라보지 않은 채, 매우 신중하고 상세하게 시냐노프 마을에 몇 채의 집이 불에 소실되었으며, 얼마나 많은 주민들이 살 곳을 잃었는가에 대해 이야기했고, 지금 자신이 회원으로 있는 의재민 구호의회의 계획에 대해 설명했다. 우리가 차례로 서명을 하자 그녀는 곧 서명부를 챙기며 작별 인사를 했다.

"당신은 저희들을 완전히 잊으셨군요. 뾰뜨르 뻬뜨로비치."

그녀는 벨로꾸로프에게 손을 내밀며 말했다.

"꼭 들르세요. 그리고 므시외 N(그녀는 내 성을 불렀다)도 당신의 재능을 존경하는 사람들이 어떻게 사는지 보고 싶으시다면 한번 들르세요. 어머니도 대환영하실 거예요."

나는 머리 숙여 인사했다.

그녀가 떠나자 뾰뜨르 뻬뜨로비치는 이야기하기 시작했다. 그의 말에 의하면 그녀는 훌륭한 가문 출신으로 이름은 리디아 발차니노프이고, 그녀가 어머니 그리고 여동생과 함께 사는 영지는 연못 건너편에 있는 마을과 마찬가지로 셀꼬프까라고 불린다고 했다. 그리고 그녀의 아버지는 한때 모스크바에서 요직에 머물기도 했었으며, 죽기 전의 계급이 3등관이었다고 했다. 많은 재산이 있음에도 불구하고 발차니노프 가족들은 여름과 겨울에도 이 곳을 떠나지 않는다고 했으며, 리디아는 셀꼬프까에 있는 지방 학교에서 교사로 일하며 한 달에 25루블을 받는다고 했다. 또한 그녀는 그 돈으로 자신의 용돈을 충당했으며, 그녀는 그렇게 경제적 자립을 한 자신을 자랑스러워한다고 했다.

"재미있는 가족이지요."

벨로꾸로프가 말했다.

"언제 기회가 되면 한번 그 집에 갑시다. 당신이 가면 아주 기뻐할 겁니다."

그러던 어느 축일(祝日), 점심 식사 후 우리는 문득 발차니노프 가족에 대해 기억하게 되었고, 즉시 셸꼬프까로 향했다. 어머니도 두 딸도 모두 집에 있었다. 어머니 예까쩨리나 빠블로브나는 처녀 적 매우 아름다웠을 것 같았지만, 지금은 다분히 나이 때문만은 아닌 조금은 깔끔하지 못한 모습이었고, 호흡기 질병이 있고, 우울하고, 산만해 보였다. 그녀는 나와 그림에 대해 이야기하려고 애썼다. 내가 셸꼬프까로 올지도 모른다는 것을 딸을 통해 전해 들은 그녀는 급히 모스크바의 전시회에서 보았던 풍경화 두세 점을 기억해 내고는 그것이 무엇을 표현한 것인지에 대해 물었다. 리디아는, 아니 집에서 불리듯 리다는 나보다는 벨로꾸로프와 더 많이 이야기했다. 진지한 그녀는 미소도 띠지 않은 채 벨로꾸로프에게 왜 지방의회에서 일하지 않으며, 왜 한 번도 지방자치회의에 참석하지 않았는지에 대해 물었다.

"그건 좋지 않아요. 뾰뜨르 뻬뜨로비치."

그녀는 질책하듯 말했다.

"옳지 않은 일이에요. 창피한 일이라구요."
"맞아, 리다. 네가 옳다."
어머니가 동의했다.
"옳지 않은 일이지."
"우리 군 전체는 발라긴 손에 놀아나고 있어요."
리다는 나를 돌아보며 말했다.
"그는 자치회의 의장이 되고 나자 군의 모든 주요 관직을 조카와 사위들에게 나누어 주었고, 그래서 무슨 일이든 자기 마음대로 처리하죠. 싸워야 해요. 젊은이들이 뭉쳐야 한단 말이에요. 그런데 보세요. 우리 젊은 사람들이 어떤지. 부끄러운 일이에요. 뾰뜨르 뻬뜨로비치!"

제냐는 자치회에 대해 이야기하는 동안 내내 침묵하고 있었다. 그녀는 심각한 대화에는 끼여들지 않았고, 가족들도 그녀를 아직 어른으로 생각지 않았다. 그리고 그녀를 부를 때도, 마치 어린아이를 부르듯 미슈시라고 불렀는데 이것은 그녀가 어릴 때, 자신의 가정 교사를 미스가 아니라 미슈시라고 불렀기 때문에 얻은 별명이었다. 내내 그녀는 나를 호기심어린 눈으로 바라보다가 내가 사진첩을 들춰 보자 내게 설명하기 시작했다.

"이분은 삼촌이구요……, 이분은 대부님이시구요."
그녀는 손가락으로 얼굴들을 가리켰고, 그 때 어린애처럼 자신의 어깨를 내게 기댔다. 그래서 나는 아주 가까이에서 아직 다 자라지 않은 그녀의 작은 가슴과 야윈 어깨, 땋은 머리, 그리고 허리띠로 졸라 맨 날씬한 몸매를 볼 수 있었다.

우리는 크로켓과 테니스를 쳤고, 정원을 따라 산책했으며, 차를 마셨고, 그리고 아주 오랫동안 저녁 식사를 했다. 기둥들이 서 있는 황량한 홀에 사는 내게, 벽에 값싼 수채화 한 점 걸려 있지 않고, 하인들에게조차 존댓말을 쓰는 이 작고 안락한 집은 매우 편하고 친근하게 느껴졌다. 그리고 리다와 미슈시 덕분에 깨끗한 젊음의 싱그러움을 느낄 수 있었다. 저녁 식사를 하는 동안 리다는 다시 벨로꾸로프와 자치회와 발라긴과 학교 도서관 등에 대해 얘기했다. 그녀는 발랄하고, 진실하며, 확신에 가득 찬 아가씨로 학교에서 말하는 버릇대로 큰 소리로 많은 이야기를 했음에도 불구하고 매우 재미있었다. 그러나 뾰뜨르 뻬뜨로비치는 아직 대학 시절부터 남아 있는 버릇으로 모든 대화를 논쟁으로 끌어가려 했으며, 똑똑하고 진보적인 사람으로 보이고 싶어하는 열망으로 얘기를 지루하고, 산만하게 끌어갔다. 그는 제스처를 섞어 가며 이야기를 하다 소스를 엎질렀고, 그로 인해 식탁보에 커다란 얼룩이 생겼으나, 나 이외에는 그 누구도 그것에 대해 주의를 기울이지 않는 것 같았다.

우리가 집으로 돌아올 무렵에는 이미 어두워졌고, 주위는 조용했다.

"훌륭한 가정 교육이란 식탁보에 소스를 흘리지 않는 데 있는 게 아니라, 누군가 다른 사람이 실수로 소스를 엎지르더라도 모르는 체하는 데 있지요."

벨로꾸로프는 이렇게 말하고 깊은 한숨을 내쉬었다.
"그래요, 훌륭하고 학식있는 집안이에요. 그런데 난 훌륭한 사람들로부터 이렇게 뒤쳐져 있으니, 아, 이렇게 뒤쳐져 버리다니! 내 주위에 쌓여 있는 건 일, 일! 일뿐이라니까!"

그는 곧 모범적인 농장 경영자가 되기 위해서는 얼마나 많은 일을 해야 하는가에 대해 이야기하기 시작했다. 나는 그의 이야기를 들으며 그가 얼마나 지겹고 게으르고 보잘것없는 인간인지에 대해 생각했다. 그는 무언가에 대해 진지하게 이야기할 때면 항상 긴장해서 '에―에―에―에' 하고 말을 끌었고, 일하는 것도 꼭 말하는 것처럼 기한을 놓쳐 가며 질질 끌었다. 그의 일에 대해 내가 믿지 않게 된 것은 내가 우체국에 부쳐 달라고 부탁한 편지들을 그가 일주일씩이나 주머니에 넣고 다녔기 때문이었다.

"그 중 가장 괴로운 것은,"

나와 나란히 걸으며 그가 중얼거렸다.

"가장 괴로운 것은 말이죠, 일을 하는 데 있어 누구와도 공감을 느낄 수가 없다는 거죠. 그 어떤 공감두요!"

2

나는 발차니노프 집안에 자주 드나들게 되었다. 보통 나는 테라스 아래층에 앉아 있곤 했다. 당시 나는 스스로에 대한 불만족으로 괴로워했으며, 이렇게 빠르고 재미없게 흘러가는 내 삶이 안타까웠다. 그리고 나는 항상 이렇게 무거워진 내 마음을 가슴속에서 뜯어 낼 수 있다면 얼마나 좋을까 하는 생각을 했다. 이 때 테라스에서 사람들의 말소리가 들렸고, 옷이 사각거리는 소리와 책장 넘기는 소리가 들려 왔다. 리다는 낮이면 환자들을 진찰하기도 하고, 소책자를 나눠 주기도 했으며, 모자도 쓰지 않은 채 양산만을 받쳐 들고 몇 번씩이나 마을에 다녀오기도 했으며, 저녁이면 큰 소리로 자치회와 학교에 대해 이야기했다. 나는 곧 그런 것들에 익숙해질 수 있었다. 이 아름답고, 변함없이 진지한 아가씨는 사무적인 이야기를 할 때마다 야무진 입으로 나를 쏘아 붙였다.

"이런 얘기는 아마 당신에게 재미없을 거예요."

그녀는 내게 호감을 갖고 있지 않았다. 그녀는 내가 풍경화가이고, 내 그림 속에서 민중들의 가난을 표현하지 않으며, 그녀가 그토록 강렬하게 믿는 것들에 대해 내가 냉정하다는 이유로 나를 좋아하지 않았다. 문득 바이칼 호수를 여행할 때의 일이 되살아난다. 그 때 나는 루바쉬까(홑겹으로 된 러시아 전통 상의. 역주)와 푸른 색 무명 바지 차림의 말을 탄 부랴뜨 인 처녀 한 명을 만났던 적이 있었다. 나는 그녀에게, 가지고 있는 피리를 팔지 않겠느냐고 물었고, 그녀는 나의 유럽형 얼굴과 모자를 경멸어린 눈초리로 바라보더니 갑자기 상대하는 것조차 역겹다는 듯 말을 돌려 다른 쪽으로 내달렸다. 리다 또한 정확히 그러한 감정으로 내 속에 있는 무언가 낯선 면을 경계했던 것이다. 그녀는 겉으론 절대 자신의 그러한 감정을 드러내지 않았으나 나는 그녀의 속마음을 알고 있었으므로, 테라스의 아래층에 앉아, 의사도 아닌 주제에 사람들을 치료한다는 것은 그들을 기만하는 것이라느니, 2만 정보의 땅을 가지고 있으니 자선가가 되기란 쉬운 일이라느니 등등의 험담을 중얼거렸다.

그러나 그녀의 여동생 미슈시는 특별히 하는 일 없이 나처럼 지극히 한가한 하루하루를 보내고 있었다. 아침에 일어나면 그녀는 책을 집어들고 테라스에 있는 안락 의자에 귀여운 발끝이 땅에 겨우 닿을 정도로 깊숙이 앉아 책을 읽곤 했다. 여느 때는 책을 들고 보리수 가로수 길로 자취를 감추거나, 아니면 대문을 지나 들판으로 향했다. 그녀는 하루 종일 책을 읽었다. 탐욕스레 책을 읽은 탓에 가끔 그녀의 눈길은 피곤하고, 무엇에 놀란 듯했으며 얼굴은 매우 창백해서 독서가 그녀의 뇌를 얼마나 지치게 했는지 알 수 있었다. 그녀가 책을 읽고 있을 때, 내가 가까이 다가가면 나를 발견한 그녀는 얼굴을 붉히고, 책을 무릎 위에 내려놓고는 생기 있는 커다란 눈망울로 그간 일어났던 일들에 대해 이야기해 주었다. 예를 들면, 하인 방에 그을음이 생겼다든가, 하인이 연못에서 큰 물고기를 잡았다든가 하는 사사로운 일들이었다. 평일에 그녀는 보통 밝은 루바쉬까에 곤색 치마를 입고 다녔다. 우리는 함께 산책했으며, 잼을 만들기 위한 버찌를 땄고, 보트를 타기도 했는데, 그녀가 버찌에 닿기 위해 폴짝 뛰어오르거나 노를 저을 때면 폭 넓은 소매 속으로 부드럽고 흰 살빛이 훤히 보였다. 그리고 간혹 나는 스케치를 하기도 했는데 그럴 때면 그녀는 옆에 서서 말없이 그것을 감상했다.

　7월의 마지막 일요일, 나는 아침 9시쯤 발차니노프 가(家)로 향했다. 나는 되도록 집 근처로 가지 않으려 애쓰면서 그 해 여름에 유달리 많았던 흰 버섯을 찾았다. 그리고 다음에 미슈시와 함께 와 딸 수 있도록 일일이 표시를 해 두었다. 따뜻한 바람이 불고 있었다. 문득 멀리서 미슈시와 어머니가 교회에서 돌아오는 것이 보였다. 미슈시는 바람 때문에 모자를 손으로 잡으며 걸었다. 얼마 후 그들은 테라스에서 차를 마시고 있었다. 하는 일 없이 무위도식에 대한 변명거리를 찾는 나에게는 장원(莊園)의 이 여름 휴일 아침이 특히 매력적이었다. 아직 이슬에 젖은 푸른 정원이 아침 햇살을 받아 반짝일 때면 마치 기쁨을 보는 듯한 느낌이었다. 집 주위에는 목서초와 협죽도 향기가 맴돌고, 교회에서 돌아온 젊은이들이 정원에서 차를 마시고, 모두가 아름답게 차려 입고 유쾌하고 흥겨운 얘기를 나누며 매일을 아무 일 없이 이렇게 시간을 보낸다면 모든 이의 인생이 얼마나 아름다울까. 아무 일 없이, 목적 없이 하루를, 아니 여름을 보내고 싶은 나는 내내 그런 생각에 잠겨 정원을 거닐었다.

　미슈시가 바구니를 들고 나왔다. 그녀의 표정으로 보아 마치 정원에서 나를 만날 것을 알고 있었거나 예감하고 있었던 것 같았다. 우리는 버섯을 따며 이야기를 나누었다. 그녀는 내게 뭔가를 물어 볼 때마다 내 얼굴을 보기 위해 앞으로 나섰다.

"어제 우리 마을에 기적이 일어났어요."

그녀가 커다란 눈으로 말했다.

"절름발이 빨라게야는 거의 1년여를 앓고 있었어요. 그녀에게는 의사도, 어떤 약도 소용없었죠. 그런데 어제 어떤 노파가 뭔가를 속삭이자 기적처럼 병이 나았대요."

"그건 대수로운 일이 아니에요. 단지 환자나 노파들 주위에서만 기적을 찾으려 해서는 안 되죠. 기적이란, 인간의 건강 그 자체가 기적이 아닐까요? 그리고 삶은 또 어떻습니까? 우리가 이해할 수 없는 것, 그게 바로 기적이지요."

"그럼 당신은 우리가 이해할 수 없는 그것이 두렵지 않으세요?"

"아니오. 전 제가 이해하지 못하는 현상에 대해 대담하게 도전하고 그것에 굴복하지 않기로 했죠. 인간은 자신들이 사자나 호랑이, 그리고 별들보다도 높은 위치에 있다는 것을 인식해야 합니다. 더더욱 자연 속에 존재하는 그 무엇보다, 이해할 수 없는 그 무엇보다, 심지어 기적처럼 보이는 것보다 더 높은 위치에 있다는 것을 자각해야 합니다. 그렇지 않다면 인간은 모든 것을 두려워하는 생쥐와 별반 다를 바가 없지요."

미슈시는 내가 화가로서 매우 많은 것을 알고 있으며, 모르는 것에 대해서도 정확히 추측해 낼 수 있는 예술가라고 생각했다. 그녀는 내가 그녀를 영원하고 아름다운 세상으로 이끌어 주기를 원했고, 이 차원 높은 세계에 내가 살고 있음을 믿었다. 그래서 그녀는 나와 신에 대해 그리고 영원한 생명과 혹은 기적에 대해 얘기하고 싶어했던 것이다. 그리고 나 또한, 나와 내 생각들이 죽음 후에 영원히 사라져 버릴 것이라고 믿지 않았으므로 이렇게 대답했다. '그럼은요, 인간은 불멸의 존재죠.', '그래요. 영원한 삶이 우리를 기다리고 있어요.' 그녀는 내가 말하는 대로 믿었고, 조금도 의심하지 않았다.

우리가 어느 새 집 근처에 이르렀을 때, 그녀는 갑자기 멈추어 서서 물었다.

"우리 언니 리다는 훌륭한 사람이에요. 그렇지 않아요? 전 언니를 매우 사랑하고 언니를 위해서라면 죽을 수도 있어요. 말씀해 주세요." 그녀는 내 소매를 손가락으로 잡아당기며 말했다.

"말씀해 주세요. 당신은 왜 언니와 항상 논쟁을 하시죠? 왜 화를 내시곤 하느냔 말이에요."

"왜냐하면 언니의 주장이 옳지 않기 때문이죠."

그녀는 고개를 가로저었고, 커다란 눈망울엔 눈물이 가득 고였다.

"이해할 수 없어요!"

그녀는 믿지 못하겠다는 듯 다시 고개를 가로저었다.

바로 그 때 어디선가 방금 막 돌아온 리다가 현관 층계에

서서 하인들에게 무언가 지시하고 있었다. 허리춤에 손을 얹은 그녀의 아름다운 몸매는 햇살을 받아 더욱 눈부시게 빛났다. 서두르며 큰 소리로 말한 그녀는 두세 명의 환자를 진찰하고는 사무적인 태도로 이 방 저 방을 돌아다니며 책을 뒤적이고는 다락방으로 올라가 버렸다. 그녀는 점심을 먹으라고 사람들이 오랫동안 불러 댔지만 우리가 수프를 다 먹고 난 후에야 모습을 나타냈다.

이 모든 세세한 일들을 나는 모두 생생하게 기억한다. 그리고 사랑한다. 어떤 특별한 일도 일어나지 않았음에도 말이다.

점심 식사 후 미슈시는 안락 의자에 묻혀 책을 읽었고, 나는 테라스 아래층에 앉아 있었다. 우리는 아무 말도 하지 않았다. 하늘이 온통 구름으로 뒤덮였고, 빗줄기가 보이기 시작했다.

무더웠다. 바람은 잔잔해진 지 오래였기에 왠지 하루가 언제까지나 계속될 것만 같았다. 우리에게로 예까쩨리나 빠블로브나가 잠이 덜 깬 얼굴로 손에 부채를 들고 다가왔다.

"아, 엄마!"

미슈시가 그녀의 손에 입맞추며 말했다.

"엄마에겐 낮잠 자는 게 해로워요."

그들은 서로를 끔찍이도 위했다. 그 둘 중 하나가 정원으로 나가면 다른 하나가 테라스로 나와 숲을 향해 소리치곤 했다.

'아오, 미슈시!' 또는 '엄마, 어디 있어요?'

그들은 항상 함께 기도했고, 서로서로를 잘 이해했다. 심지어 침묵하고 있는 시간에도. 그리고 사람들을 대하는 태도도 그들은 흡사했다. 예까쩨리나 빠블로브나도 곧 내게 익숙해지고 친해져서 내가 이삼 일쯤 이 곳에 나타나지 않으면 사람을 보내 내가 건강한가를 확인했다. 그녀는 딸처럼 나의 스케치들도 감탄어린 눈으로 바라보았고, 미슈시처럼 숨김없이 집안에서 일어난 일들에 대해 이야기했다. 그리고 자주 자기 집안의 비밀까지도 털어놓았다.

그녀는 자신의 큰딸을 존경하고 있었다. 리다는 언제나 부드럽게 굴지 않았으며 진지한 이야기만 했다. 그녀는 경제적으로 독립해서 살고 있었기 때문에 마치 선실에만 앉아 있는 제독이 해군 병사들에게는 신비의 인물로 비춰지듯이 엄마나 동생에게 그녀는 신성한 존재였다.

"우리 리다는 훌륭한 사람이에요."

어머니는 자주 말하곤 했다.

"그렇지 않아요?"

그리고 그 때 우리는 가랑비가 내리고 있는 동안 그녀에 대해 얘기하고 있었다.

"그 애는 훌륭한 사람이에요."

어머니는 그렇게 말하곤 마치 무슨 음모라도 꾸미는 사람처럼 주위를 둘러보고는 낮은 목소리로 덧붙였다.

"그런 애는 낮에 등불을 들고 찾을래야 찾을 수 없을 거예요. 그런데 아세요? 전 조금 걱정이 된답니다. 학교나 환자들, 그리고 소책자 모두 좋아요. 그런데 왜 극단적으로 치닫는 거죠? 벌써 그 애는 스물네 살이나 되었고, 이제 자신에 대해 신중히 생각할 때예요. 이렇게 소책자나 치료 따위로 쫓기다 보면 어떻게 세월이 흘러가는지도 모를 거예요……. 이젠 결혼도 해야 할 텐데."

독서로 인해 창백해진 얼굴과 헝클어진 머리칼을 쓸어올리며 미슈시는 어머니를 바라보며 중얼거렸다.

"엄마, 모든 건 신의 뜻이에요!"

그리곤 다시 책 속으로 빠져 들었다.

벨로꾸로프가 반코트 차림으로 들어왔다. 우리는 크로켓과 테니스를 치며 놀았고, 어두워진 후 오랫동안 저녁 식탁에 앉아 있었다. 리다는 다시 학교와 전 군을 한 손에 쥐고 있는 발라긴에 대해 이야기했다. 이 밤 나는 발차니노프 가를 나오면서 길고 긴 축제의 날과 같은 인상과 세상에 끝이 없는 것은 없다는 서글픈 인상을 가지고 나왔다. 대문까지 미슈시가 우리를 배웅해 주었으나 나는 어느덧 그녀와 함께 있는 것에 익숙해져 이제부터 좀 지루해질 것이고, 그리고 이 여름을 통해 처음으로 그림을 그리고 싶다는 생각을 했다.

"당신은 왜 그렇게 지루하게 살죠?"

벨로꾸로프와 함께 집으로 향하며 그에게 물었다.

"하긴 내 생활도 참을 수 없을 만큼 지루하고, 힘겹고, 획일적이지만 그건 내가 화가인 까닭이죠. 난 내가 생각해도 좀 이상한 인간이에요. 난 어릴 적부터 사람들을 부러워했고, 내게 불만족했으며, 스스로의 일에 대해 자신없어했어요. 난 가난한 떠돌이에 불과하지만 당신은, 건강하고 건전한 사람이며 더욱이 지주이고 귀족이지 않습니까. 그런 당신이 왜 그렇게 인생을 재미없이 보냅니까. 말하자면 당신은 왜 여지껏 리다나 미슈시와 사랑에 빠지지 않았죠?"

"당신은 내가 다른 여자를 사랑하고 있다는 걸 잊고 계시는군요."

벨로꾸로프가 말했다.

이건 그가 그와 함께 곁채에 살고 있는 애인 류보피 이바노브나에 대해 말하는 것이었다. 나는 언제나 살찐 거위처럼 뚱뚱한 몸집으로 거드름을 피우며 구슬 달린 러시아 정장을 입고, 양산을 받쳐 들고 정원을 산책하는 그녀를 보았었다. 그리고 하인이 식사나 차 마실 시간을 알리러 쉴 새 없이 그녀에게 드나드는 것도 보았었다.

삼 년전쯤, 그녀는 별장으로 곁채 중 하나를 빌렸었고, 어찌 된 연유에서인지 벨로꾸로프의 집에 남게 되었다. 그리고 이제는 영영 함께 살 것처럼 보였다. 그녀는 그보다 열 살이나 연상이었고, 그를 매우 엄격하게 다루었으므로 그가 집을 나가기 위해서는 언제나 그녀의 허락을 받아야만 했다. 그녀는 자주 남자 목소리로 흐느껴 울곤 했으며 그 때마다 나는 사람을 보내 당장 울음을 그치지 않으면 내가 나가겠다고 일렀다. 그녀는 그제야 울음을 그치곤 했다.

우리가 집으로 돌아왔을 때, 벨로꾸로프는 심각한 얼굴로 생각에 잠겼으며, 나는 사랑에 빠진 사람처럼 가벼운 흥분을 느끼며 방 안을 왔다갔다했다. 나는 발차니노프 가에 대해 얘기하고 싶었다.

"아마 리다는 꼭 자신처럼 학교나 병원에 빠져 있는 자치회 의원과만 사랑에 빠질 수 있을 거예요."

"아, 그런 아가씨의 사랑을 받기 위해서라면 자치회 의원이 되는 것도 나쁘지 않겠죠. 그뿐만 아니라 옛날 이야기에 나오는 것처럼 쇠구두가 닳아 떨어질 때까지 쫓아다닐 수도 있겠죠. 그런데 미슈시는 어때요? 미슈시는 정말 매력적이에요!"

벨로꾸로프는 '에-에-에-에……'를 연발하면서 세기의 병인 페시미즘에 대해 이야기하기 시작했다. 그는 마치 내가 자신과 논쟁이라도 하는 것처럼 확신에 찬 목소리로 크게 말했다. 수백 베르스따(러시아의 구 길이 단위. 역주)의 황량하고 단조로운 벌판을 홀로 걷는 것도 그의 지루한 이야기를 듣는 것보다는 덜 우울하리라.

"문제는 페시미즘이나 옵티미즘에 있는 것이 아니라……."

나는 초조감에 싸인 채 말했다.

"백 명 중 아흔아홉에게는 지혜가 없다는 점이지요."

벨로꾸로프는 이것이 자기를 두고 한 말이라는 것을 눈치 채고는 화를 내며 나가 버렸다.

3

"말로죠모프 마을에 공작이 와 계신데 어머니께 안부를 전해 달랬어요."

리다가 어딘가에서 돌아와 장갑을 벗으며 어머니에게 말했다.

"재미있는 얘기 많이 들었어요……. 현청 의회에 말로죠모프에 의료소를 짓는 문제에 대해 다시 한 번 건의해 주시겠다고 약속했어요. 그러나 너무 기대는 하지 말라고 말씀하셨죠."

그리곤 내게 시선을 돌리며 말했다.

"미안하군요. 당신에겐 이런 이야기가 흥미롭지 못하다는 걸 자주 잊어버리는군요."

나는 불끈 화가 치밀어오르는 것을 느꼈다.

"왜 내게 흥미롭지 못하다는 거죠? 당신은 내 의견 따위에 관심이 없겠지만 전 진심으로 이 문제에 대해 관심을 가지고 있습니다."

나는 어깨를 추스리며 물었다.

"그래요?"

"그래요. 제 견해로는 말로죠모프엔 의료소가 필요 없습니다."

그녀는 노여움이 가득 찬 눈으로 내게 물었다.

"그럼 뭐가 필요한가요? 풍경환가요?"

"풍경화 또한 필요 없습니다. 그 곳엔 아무것도 필요 없어요."

그녀는 장갑을 벗고 나서 방금 배달된 신문을 펼쳐 들었다. 잠시 후 자신을 진정시킨 그녀는 조용히 말했다.

"지난 주에 안나가 아기를 낳다가 죽었어요. 만약 가까이에 의료소가 있었다면 그녀는 살 수 있었을 거예요. 풍경화 가님, 화가나리께서도 이 문제에 대해서는 어떤 신념을 가지고 계셔야 한다고 생각하는데요."

"물론 그런 일에 대해서도 제게 확실한 신념이 있습니다."

그녀는 내 말이 듣기 싫다는 듯 신문을 펼쳐 얼굴을 가려 버렸다.

"의료소나 학교, 그리고 도서관이나 약국 따위는 지금의 상황에서는 민중들을 단지 더더욱 노예화시킬 뿐이라고 나는 확신합니다. 민중들은 거대한 사슬에 묶여 있는데 당신은 그 사슬을 끊으려 하지 않고, 거기에 새로운 고리를 하나 더 연결시키려 하고 있죠. 이게 바로 당신에게 드리는 제 확신입니다."

그녀는 내게로 눈을 돌려 조소하듯 미소 지었다. 나는 내 말의 핵심을 놓치지 않으려 애쓰며 계속했다.

"안나가 아기를 낳다 죽은 것도 사실 중요한 일이 아니에요. 중요한 것은 이 모든 안나나 마브라, 뻴라게야가 이른 새

벽부터 저녁 늦게까지 등 구부리고 일하고, 그로 인해 병들고, 평생을 굶주리고 병든 아이들 때문에 걱정하고, 평생을 죽음과 질병의 공포로 불안해하고, 그리고 평생 치료받아야 하고, 일찍 노쇠하고, 일찍 늙어서 더럽고 악취가 풍기는 곳에서 죽어 간다는 바로 그것이죠. 그리고 그들의 아이들이 자라 역시 그들의 전철을 되밟게 되는 겁니다. 이렇게 몇 백 년이 흐르고 수천만 명의 사람들이 짐승보다 못한 삶을 살고, 단지 빵 한 조각을 얻기 위해 항상 공포 속에 사는 것이죠. 다시 말해서 그들이 처한 상황 속에서의 가장 큰 공포란 그들에게는 한 번도 자신들의 영혼과 자신에 대해 생각해 볼 시간이 없었다는 것이죠. 기아, 추위, 짐승 같은 공포심, 엄청난 양의 노동 이 모든 것이 눈사태처럼 정신적인 삶으로의 길을 막아 버린 겁니다. 바로 인간을 동물로부터 구별시켜 주고 살아갈 가치를 느끼게 해 주는 정신적인 삶으로의 길이 차단당한 꼴이죠. 당신은 병원이나 학교를 통해 그들에게 다가가지만, 하지만 그것들로 그들을 해방시켜 줄 수는 없습니다. 다시 말해 그들을 더 노예로 만들 뿐이죠. 왜냐하면 고약이나, 소책자 값을 그들이 지불해야 하는, 즉 더더욱 등골이 빠져 나가는 것을 차치하더라도 당신들이 그들의 삶에 새로운 필요성을 만들어 냄으로써 그들의 요구를 증대시키기 때문이죠."

"전 당신과 논쟁하지 않겠어요."

신문을 내리며 리다가 말했다.

"전 예전에 그런 얘기들을 들은 적이 있어요. 그러나 한 가지만 당신께 말씀드리죠. 그건, 우리가 이렇게 손놓고 가만히 앉아 있어서는 안 된다는 것이죠. 우리가 인간을 구원할 수 없다는 것은 사실이에요. 그리고 우리가 실수를 하고 있는지도 모르구요. 하지만 우리는 우리가 할 수 있는 것을 하고 있어요. 그래서 우리는 옳아요. 지식인의 가장 고결하고 성스러운 과제는 가까운 사람들에게 봉사하는 것이라고 생각해요. 그래서 우리는 우리가 할 수 있는 만큼 봉사하려고 노력하는 것이죠. 물론 당신 마음엔 안 들겠지만요. 그러나 모든 사람들의 마음에 들 순 없잖아요?"

"옳은 말이다, 리다. 옳고말고." 어머니가 말했다.

리다가 있을 때 어머니는 항상 두려워했고, 말을 하면서도 딸을 곁눈질하며 혹 무언가 불필요한 말을 하지 않을까 두려워했다. 그리고 그녀는 한 번도 딸의 말에 반대하지 않았으며 언제나 동의했다. '옳은 말이다. 옳고말고.'

"농민교육, 허랑한 교훈이나 경구 따위가 적혀 있는 소책자나 의료소로는 문맹률을 줄이거나 사망률을 줄일 수 없습니다. 마치 당신 창문에서 나오는 빛으로 이 넓은 정원을 밝힐 수 없듯이요."

나는 계속해서 말했다.

"당신은 그들에게 아무것도 주는 것이 없습니다. 당신들은 그저 그들 삶에 끼여들어 새로운 요구를 만들어 내고, 더 많은 노동이 필요하도록 할 뿐이죠."

"아, 세상에! 그래도 뭔가 해야 하잖아요!"

그녀는 화를 내며 말했다. 그녀의 말투로 보아 그녀는 내 말을 헛소리쯤으로 생각하고 있으며 그것들을 경멸하고 있다는 것을 느낄 수 있었다.

"사람들을 괴로운 육체 노동에서 해방시켜야 합니다. 그들이 평생을 들판이나 부엌에서 보내지 않도록 그들의 멍에를 덜어 주고, 숨쉴 수 있게 해 주어야 합니다. 그리고 또한 영혼이나 신에 대해 생각할 시간을 주어야 하고, 자신의 정신적인 재능을 발휘할 수 있게 해야 합니다. 모든 인간의 정신적인 일에 대한 사명은 인생의 진실과 의미의 영원한 탐구 속에 있습니다. 그들을 위해 거칠고 동물적인 노동이 불필요한 것이 되게 하고, 그들을 자유롭게 느낄 수 있도록 하세요. 그러면 그 때 당신들은 그 소책자나 의료소가 얼마나 무의미한 것인가를 느끼게 될 것입니다. 한 번만이라도 인간이 자신의 진실된 사명을 알게 된다면, 인간을 만족시킬 수 있는 것은 그런 사소한 것들이 아니라 단지 종교, 학문, 예술뿐이라는 사실을 알게 될 것입니다."

"노동으로부터 해방시킨다구요? 과연 그게 가능할까요?"

리다가 비웃었다.

"그럼은요. 그들의 노동을 나누어 가지세요. 만약 우리들 도시와 농촌 사람들이 예외없이 서로서로 육체적 욕구를 충족시키기 위해 요구되는 노동을 나누어 갖는다는 것에 동의한다면, 우리 모두는 하루에 두세 시간 일하는 것으로 충분

할 것입니다. 생각해 보십시오. 우리 모두가 부자이든 가난한 자이든 하루에 세 시간씩만을 일하고 나머지 시간에는 자유로울 수 있다는 것을, 그리고 또 하나 우리들은 자신의 육체에 덜 종속되고 더 조금 일하기 위해 노동 시간을 줄여 줄 수 있는 기계를 만들어야 합니다. 우리는 노동 시간을 최소한으로 줄일 수 있도록 노력하는 거죠. 우리는 자신과 우리의 아이들이 기아와 추위에 떨지 않고, 안나와 마브라와 뻴라게야가 항상 건강을 두려워했던 전철을 밟지 않도록 단련해야 합니다. 생각해 보십시오. 우리는 치료를 받을 필요도 없고 약국이나 담배 공장, 그리고 양조장도 필요 없게 해야지요. 그렇게 된다면 얼마나 많은 자유 시간이 남게 되나요! 우리 모두는 이 여가를 학문과 예술에 바치는 겁니다. 마치 가끔 사내들이 모여 길을 닦듯이 우리 모두 함께 인생의 진리와 의미를 찾는 겁니다. 그러면 그 진리도 알게 될 것이고, 인간은 그 계속되는 고통과 죽음의 공포와 그리고 심지어 바로 그 죽음도 벗어날 수 있을 것이라고 저는 확신합니다."

"그런데 당신은 스스로의 모순에 빠져 있어요. 당신 스스로는 학문, 학문하시면서 왜 문맹 퇴치엔 반대하시죠?"

리다가 말했다.

"문맹 퇴치요. 인간이 겨우 술집 간판이나 읽을 줄 안다거나 이해하지 못하는 문장들을 책에서 드문드문 읽는다는 그런 문맹 퇴치는 류릭(전설적인 러시아의 건국자. 역주)시대부터 있어 왔고, 고골의 뻬뜨루쉬까(고골 작품 '죽은 혼'의 주인

공. 역주)는 오래 전부터 글을 읽을 줄 알았지만, 농촌은 오늘날까지 류릭 시대의 농촌으로 남아 있습니다. 문맹 퇴치는 정신적인 재능을 발휘하는 데는 필요치 않습니다. 학교가 필요한 게 아니라 대학이 필요한 것이죠."

"당신은 의학도 부정하시잖아요?"

"그래요. 의학은 자연의 한 현상으로서 질병의 연구를 위해서만 필요한 것이지 그것의 치료를 위한 것은 아니에요. 만약 치료를 한다고 하면, 질병이 아니라 그것의 원인을 치료해야죠. 근본적인 원인……, 육체적인 노동을 줄여야 합니다. 그러면 질병이 발생하지 않을 겁니다. 저는 치료하는 건 학문으로 인정치 않아요."

나는 흥분 속에 계속 말을 이었다.

"학문이나 예술은, 만일 그것이 진짜라면 순간적이거나 개인적 목적을 위해서가 아니라 영원하고 사회적인 것을 향해야 합니다. 그것들은 삶의 진실과 의미를 찾고 신과 영혼을 찾죠. 학문과 예술을 약국이나 도서관과 결부시키게 되면 그것들은 삶을 복잡하게 만들고, 번거롭게 할 뿐입니다. 우리 나라엔 많은 의사와 약사 그리고 법률가가 있고, 지식인들이 많이 늘어나고 있죠. 하지만 생물학자, 수학자, 철학자, 시인들은 전무한 상태입니다. 모든 이성과 정신적 에너지가 순간적인 만족과 일시적인 욕구를 충족시키기 위해 빠져 나간 것이죠……. 학자와 작가와 화가 들에겐 일거리가 들끓고, 그 덕분에 생활은 윤택해지고, 육체적 요구는 늘어나고 그런데도 진리까지는 아직 거리가 멀고, 인간은 옛날처럼 가장 포악하고 가장 더러운 짐승으로 남아 있고, 이대로 가다간 대부분의 인간들이 퇴화되어 자신들의 모든 생활 능력을 상실할 날이 올 것입니다. 이런 상태에서 화가의 삶이란 의미가 없고, 그가 재능이 있으면 있을수록 그의 역할은 이상하고 이해할 수 없는 것이 되는 것이죠. 그건 바로 화가가 현 질서를 손아귀에 쥐고 있는 포악하고 더러운 짐승을 위해 일하고 있기 때문입니다. 그래서 저는 일하고 싶지 않고, 일하지 않을 겁니다······. 아무것도 필요 없어요. 지구가 지옥 속으로 떨어지도록 내버려둘 수밖에!"

"미슈시, 잠깐 나가 있으렴."

내 말들이 어린 아가씨에겐 해롭다고 생각했는지 리다가 동생에게 말했다. 그녀는 우울한 표정으로 언니와 어머니를 번갈아보며 밖으로 나갔다.

"누구든 자신의 무관심을 변명하고 싶을 때면 그런 변명들을 하죠." 리다가 말했다.

"맞다, 리다. 네 말이 옳다."

어머니가 두둔하고 나섰다.

"당신은 일하시지 않겠다고 말씀하셨는데," 리다가 계속했다.

"그러나 당신은 당신의 작업들을 높이 평가하시는 게 분명해요. 이제 논쟁은 그만두기로 해요. 우리는 절대 의견을 같이할 수는 없을 테니까요. 하지만 당신이 방금 그렇게 놀랍도록 거부하셨던 도서관과 약국들 중 아직 만들어지지 않은 것조차도 저는 이 세상의 모든 풍경화들보다 높게 평가해요."

그와 동시에 그녀는 어머니에게로 얼굴을 돌리고 아주 다른 톤으로 이야기를 시작했다.

"엄마, 공작님이 예전보다 많이 여위셨어요. 저희 집에 계셨을 때보다 부쩍요. 비쉬(프랑스에 있는 휴양지. 역주)로 요양을 가시게 될 거래요."

그녀는 나와 더 이상 이야기하지 않기 위해 화제를 돌렸다. 그리곤 얼굴을 붉히며, 자신의 흥분을 감추기 위해 마치 근시안처럼 탁자에 머리를 숙이고 신문을 읽는 척했다. 더 이상 이 곳에 남아 있는다는 건 유쾌한 일이 아니었다. 나는 작별 인사를 하고 집으로 향했다.

4

마당은 조용했다. 연못 저편에 있는 마을은 이미 잠들어 등불 하나 깜박이지 않았고, 겨우 연못의 수면 위로 창백한 별빛이 반짝였다. 사자상 옆에서 미슈시가 나를 배웅하기 위해 기다리고 서 있었다.

"마을 사람들 모두가 잠들었나 봅니다."

어둠 속에서 나는 그녀의 얼굴을 보려 애쓰며 말했고, 나를 향한 어둡고 슬픈 눈동자를 보았다.
"선술집 주인도 말도둑도 모두 잠들었는데, 우리들만이 서로의 주장을 앞세워 논쟁하고 있었군요."
우울한 8월의 밤이었다. 밤이 우울했던 건 벌써 가을 냄새가 풍겼기 때문이었다. 하늘은 적자색 구름으로 뒤덮여 달빛이 겨우겨우 길과 길 양쪽에 늘어선 어두운 밀밭을 비추고 있었다. 자주 유성이 떨어졌다. 미슈시는 나와 나란히 걸으면서 그녀를 깜짝깜짝 놀라게 하는 유성을 보지 않으려 애쓰고 있었다.
"제 생각엔 당신이 옳아요."
그녀는 밤공기의 차가움에 몸을 떨며 말했다.
"만약 사람들이 모두 함께 정신적인 일을 할 수 있다면, 그들은 곧 모든 것을 알아 낼 수 있을 거예요."
"그럼은요. 우리는 고귀한 존재들이고, 진정 심혈을 기울여 우리가 인간의 재능을 인정하고, 고귀한 이상을 위해서만 살아간다면 마침내 우리는 신처럼 될 것입니다. 하지만 결코 이렇게 될 수 없는 일이지요. 인간은 퇴화해 가고 있고, 재능은 흔적조차 없이 사라질 것이니까요."
대문이 보이지 않게 되었을 때, 미슈시는 서두르며 내 손을 잡았다.
"안녕히 가세요."
그녀는 떨며 말했다. 그녀는 단지 루바쉬까만을 걸치고 있었고 그래서 추위로 점점 움츠러들어 갔다.

"내일 오세요."

나는 내 자신과 타인들에 대해 불만족스럽게 느꼈고, 혼자 된다는 것에 기분이 우울해졌다. 그래서 나 또한 떨어지는 유성을 바라보지 않으려 애썼다.

"일 분만 저와 함께 있어 주세요."

나는 애원하듯 말했다.

"부탁입니다."

나는 그녀를 사랑하고 있었다. 아마 나는 그녀가 나를 기다려 주고, 배웅해 주고, 부드럽고 감탄어린 눈망울로 쳐다보았기에 사랑하게 되었을 것이다. 그녀의 하얀 얼굴, 가는 목, 연약한 팔, 가냘픈 이미지, 유약한 일상, 그리고 그녀의 책들 이 모든 것들이 얼마나 눈물겹도록 애처롭고 아름다운가! 그리고 나는 그녀에게 비범한 지성과 날카로운 시각이 있음을 느꼈다. 그것은 아마도 그녀는, 나를 좋아하지 않는 엄격하고 아름다운 리다와는 다른 견해를 가지고 있기 때문일지도 모를 일이었다. 미슈시는 나를 화가로서 마음에 들어 했고, 나의 재능을 사랑했다. 나는 단지 그녀를 위해서만 그림을 그리고 싶었다. 나는 그녀와 함께 이 나무들과 들판과 안개, 노을 그리고 기적적이고 매력적인 자연에 대해 스케치할 것이며 그녀는 나의 작은 여왕이 될 것이라는 상상을 했다. 하지만 이 속에서도 나는 지금껏 우매하게 내 자신이 희망 없고, 외롭고, 쓸모 없는 인간이라 생각했던 것이다.

"일 분만 더 함께 있어 주십시오. 간청합니다."

나는 외투를 벗어 그녀의 얼어붙은 어깨를 감싸 주었다. 그녀는 자신이 남자 외투를 걸친 모습이 부끄럽고 우스운지 소리내어 웃은 후, 외투를 벗었고, 그와 동시에 나는 그녀를 안고 그녀에게 키스했다.

"내일 만나요."

그녀는 속삭였고, 밤의 정적을 깨뜨리기가 두려운 듯 조심스레 나를 안았다.

"우리 사이에 비밀이 있어선 안 돼요. 전 지금 모든 걸 엄마와 언니에게 얘기해야 해요……. 엄마는 괜찮아요, 당신을 좋아하니까요. 그런데 리다 언니는!"

그녀는 대문 쪽으로 뛰어갔다.

"안녕!"

그녀가 뒤를 돌아보며 소리쳤다.

그리고 얼마 동안 나는 그녀가 뛰어가는 소리를 들었다. 나는 집으로 가고 싶지 않았고, 마땅히 집으로 갈 이유도 없었다. 나는 생각에 잠겨 조금 서 있다가, 다락방의 창문에 비치는 불빛이 있는 사랑스런 집을 더 오랫동안 보기 위해 뒷걸음질했다. 나는 테라스 옆을 지나 테니스장 근처의 벤치에 앉았다. 어둠에 싸인 늙은 느릅나무 아래에서 집을 바라보았다. 미슈시가 거처하는 다락방의 창문으로 밝은 빛이 빛났다. 그리고 잠시 후에는 녹색 빛이 빛났다. 전등에 갓을 씌운 것이리라. 그림자들이 움직였……. 나는 부드러움과 고요함 그리고 만족감으로 흡족해 있었다. 이 만족감은 나도 열

중할 수 있고, 사랑에 빠질 수 있다는 것에서 비롯된 것이었다. 그러나 바로 그 순간, 바로 이 시간 나로부터 얼마 떨어져 있지 않은 이 집의 어느 방에서 나를 좋아하지 않는, 어쩌면 증오할지도 모르는 리다가 살고 있다는 생각에 불편한 기분이 엄습했다. 나는 앉아서 혹 미슈시가 나오지 않을까를 기대했고, 마치 다락방에서 하는 이야기가 들리는 것 같았다.

한 시간여가 흘러갔다. 녹색 불빛이 꺼지고, 그림자도 보이지 않게 되었다. 달은 이제 지붕 위로 얼굴을 내밀고 잠든 정원과 오솔길을 밝게 비추었다. 집 앞의 꽃밭에 있는 달리아와 장미가 선명하게 보였고, 그것들은 같은 색깔인 것처럼 느껴졌다. 매우 추웠다. 나는 정원에서 나와 길에서 코트를 주워 들고 천천히 집으로 돌아왔다.

다음 날 점심 식사 후 나는 발차니노프 가로 향했다. 정원으로 난 유리문이 열려 있었다. 나는 꽃을 꺾으러 정원으로 나오거나 오솔길 중 하나에서 모습을 드러낼 미슈시를 기다리며, 혹은 방으로부터 그녀의 목소리가 들려 오기를 기다리며 테라스에 앉아 있었다. 그리곤 거실로, 식당으로 향했다. 아무도 없었다. 식당으로부터 긴 복도를 따라 현관으로 갔고, 그 다음 다시 되돌아갔다. 거기, 복도에는 몇 개의 문이 있었는데, 그 문들 중 하나에서 리다의 목소리가 들려 왔다.

"까마귀에게 어디 – 선가······신께서······."

그녀는 누군가에게 받아쓰기를 시키고 있는 듯 큰 소리로 길게 끌며 말했다.

"신께서 치즈 조각을 보냈습니다……. 까마귀에게…… 어디선가……거기 누구예요?" 발소리를 들은 그녀가 소리 쳤다.

"접니다."

"아, 죄송합니다만 저는 지금 당신에게로 나갈 수가 없어요. 전 지금 다샤와 공부중이거든요."

"예까쩨리나 빠블로브나는 정원에 계신가요?"

"아니오, 어머니는 오늘 아침 동생과 함께 뺀쟨스까야 현에 있는 숙모님댁으로 떠났어요. 그리고 겨울에는 아마 외국으로 가게 될 거예요……."

잠깐 침묵한 후 그녀는 계속했다.

"까마귀에게 어디선가……신 — 께서 치즈 조 — 각을 보냈습니다……. 다 썼니?"

나는 현관으로 나와 멍하니 서 있다가 저쪽 연못 건너편의 마을에서부터 내가 있는 곳까지를 바라보았다.

"치즈 조각을……까마귀에게 어디선가 신께서 치즈 조각을 보냈습니다……."

그리고 나는 저택을 나와 내가 처음 이리로 오게 되었던 그 길로 향했다. 단지 역순으로, 처음에는 마당에서 집 옆에 있는 정원으로 그리곤 가로수 길로……. 거기서 어떤 소년이 나를 쫓아와 내게 메모를 건네 주었다.

'저는 모든 걸 언니에게 이야기했고, 언니는 제게 당신과

헤어질 것을 요구했습니다.'

나는 급히 읽어 내려갔다.

'저는 제가 언니의 청을 거절함으로써 언니를 상심시킬 수 없었어요. 신께서 당신과 함께하시길. 절 용서하세요. 만약 당신이 저와 엄마가 얼마나 슬피 울고 있는지 알고 계신다면!'

다음은 잎이 떨어져 버린 전나무 가로수 길……이 들판에 그 때는 호밀꽃이 피고 꾀꼬리가 울었었으나 지금은 소들과 말떼가 어슬렁거리고 있었다. 언덕 위 어디선가 녹색 가을 새싹이 선명했다. 취기에서 깨어난 후의 막막한 기분이 나를 사로잡아, 나는 발차니노프 가에서 했던 말들이 부끄럽게 생각되었고, 옛날처럼, 사는 게 지루하게 느껴졌다. 집으로 돌아온 나는 짐을 꾸려 저녁에 뻬쩨르부르그로 향했다.

그 후로 나는 한 번도 발차니노프 가의 가족들을 만난 적이 없다. 얼마 전 크림으로 향하던 나는 우연히 벨로꾸로프를 만나게 되었다. 옛날처럼 그는 반코트를 걸치고 있었고, 내가 그의 건강을 물었을 때 그는 '당신 덕분에'라고 대답했다. 우리는 얼마간 이야기를 나누었다. 그는 자신의 영지를 팔고 조금 작은 것을 류보피 이바노브나의 이름으로 샀다고 했다. 발차니노프 가에 대해서 그는 약간의 소식을 전했다. 그의 말에 의하면 리다는 예전처럼 살면서 셸꼬프까에 있는 학교에서 아이들을 가르치고, 조금씩 조금씩 그녀 주변의 추종자들을 모아 서클을 만드는 데 성공했고, 이 서클로 강력한 당을 만들어 마지막 지방의회 선거에서 전 군을 한 손에 쥐고 있던 발라긴을 '몰아냈다'는 것이었다. 미슈시에 대해서 그는, 그녀는 그곳에 살고 있지 않으며 어디에 있는지는 자신도 모른다고 했다.

  나는 이제 다락방이 있는 집에 대해서 잊어버리기 시작했고, 단지 아주 가끔씩 글을 쓰거나 책을 읽을 때 언젠가 창문을 통해서 보았던 녹색 불빛이나, 사랑에 빠진 내가 추위로 언 손을 비비며 집으로 돌아가던 밤에 들판에서 들려오던 내 발자국 소리가 생각나곤 했다. 그리고 더 드물게는 고독감에 젖어 우울해질 때면, 나는 어렴풋이 옛날을 회상하며 그녀 역시 나를 생각하고 기다리고 있을 것이라는, 아마도 우리는 다시 만나게 될 것이라는 예감이 고개를 들고 꿈틀거리기 시작했다……. 미슈시, 당신은 어디에!

개를 데리고 다니는 여인

1

해변에 새로운 얼굴이 나타났다는 소문은 드미뜨리 드미뜨리예비치 구로프가 얄타에 도착한 지 2주째 되는 어느 날 들려 왔다. 개를 데리고 다니는 여인. 드미뜨리는 이미 바닥 좁은 이 곳에 익숙해져 있었고, 더욱이 지루함까지 느끼고 있었으므로 다른 이들과 마찬가지로 새로 등장하는 인물에 대해 흥미를 느끼기 시작하고 있었다.

그는 베르네의 정자에 앉아 중간 키의 금발머리 젊은 부인이 베레모를 쓰고 지나가는 것을 보았다. 그녀의 뒤를 하얀 스피츠 한 마리가 따르고 있었다.

　그 후 그는 그녀를 시립 공원에서 만났고, 작은 공원에서도 하루에 몇 번씩이나 보았다. 그녀는 늘 그 해변을 따라 하얀 스피츠와 함께 산책을 했고, 아무도 그녀가 누구인지 알지 못했다. 그래서 그녀는 그저 '개를 데리고 다니는 여인'이라 불리게 되었다. '만일 그녀가 이 곳에 남편이나 친구 없이 혼자 왔다면, 그녀와 인사를 하는 것이 헛수고는 아닐 거야.' 그는 이렇게 생각했다.

　드미뜨리는 아직 마흔이 채 안 되었지만, 그에게는 벌써 12살짜리 딸과 고등학생인 두 아들이 있었다. 그는 일찍, 그러니까 그가 대학 2년 때 결혼을 했으므로 그의 아내는 그보다 두 배는 더 늙어 보였다. 그의 아내는 큰 키, 검은 눈썹의 소유자였으며 고집 세고, 근엄하고 견실했고 그녀는 스스로가 그렇게 불렀듯 지적인 여자였다. 그녀는 많은 책을 읽었으며, 편지를 개정 맞춤법에 따라 썼고, 남편을 드미뜨리가 아니라 지미뜨리(당시 더 연음화시켜 발음하는 것이 지적이라고 생각했음. 역주)라 불렀다. 그러나 그는 마음속으로 그녀는 천박하고, 속좁고, 고상하지 않다고 생각했으며, 그녀를 두려워했고, 따라서 집 안에 있는 것을 좋아하지 않았다. 그는 이미 오래 전부터 아내를 배신하기 시작했으며, 그 횟수도 잦았다. 그는 항상 여자에 대해 나쁘게 평했고, 어느 자리에서든 여자에 대한 이야기를 할 때 항상 이렇게 말했다.

　"저급한 족속들이죠!"

그는 스스로 자신은 여자에 대해 이렇게 평가할 자격이 있을 만큼 쓰라린 경험들을 통해 성숙했다고 여겼지만, 이 '저급한 족속' 없이는 그는 하루도 살 수 없는 사람이었다. 남자들의 사회는 그에게 지루했고, 뭔가 그의 마음을 충족시켜 주지 못했으며, 그들과 함께 있을 때의 그는 말없고, 차가웠지만, 여자들 사이에 있을 때의 그는 자신이 자유롭다고 느꼈으며, 그들과는 어떤 대화를 해야 하는지 알았고, 어떻게 행동해야 하는지도 잘 알고 있었다. 심지어 그들과 함께 있을 때면 침묵하는 것조차 쉬운 일이었다. 그의 매력적인 외모와 호감 가는 성격은 항상 여자들의 주의를 끌었고, 그도 그것을 잘 알고 있었으며 그의 마음은 마치 마력에 끌려가듯 여자들에게로 이끌렸다. 무릇 남녀간의 관계란 처음에는 유쾌하고, 삶을 다채롭게 만들고, 사랑스럽고, 애틋한 모험들을 가져오지만, 소위 지성인이라고 불리는 사람들, 특히 결단력이 부족한 모스크바 사람들에게는 이러한 관계가 점점 복잡하고, 큰 문제로 부각되어 마침내는 끔찍한 상황으로 돌변한다는 것을 그는 여러 번의 뼈저린 경험들을 통해 잘 알고 있었다. 그러나 매력있는 여성과의 새로운 만남 앞에서 이러한 경험들은 기억속에서 희미해져 버리고 그저 느껴 보고 싶었고, 모든 것은 그렇게 단순하고, 가벼운 것으로 여겨지는 것이었다.

어느 날 저녁, 그가 공원에 앉아 식사를 하고 있을 때, 부인은 베레모를 쓴 채 천천히 옆 테이블로 다가왔다. 그녀의 표정, 걸음걸이, 옷차림, 머리 모양 등에서 그는 그녀가 상류사회의 어엿한 유부녀이며, 얄타에는 처음 왔으며, 혼자이고, 이 곳이 그녀에게는 지루하다는 것을 쉽게 알아차릴 수 있었다. 단편 소설들에서 등장하는 지방 도덕의 문란함에 대한 이야기들을 그는 믿지 않았고, 경멸했으며 그런 종류의 이야기들은 대부분 기회가 주어진다면 자신들 스스로가 그러한 짓을 해 보고 싶어하는 그런 인간들에 의해 창작되어진다는 것을 그는 잘 알고 있었다. 그러나 정작 세 걸음쯤 떨어진 곳의 테이블에 부인이 앉았을 때, 그의 머릿속에 손쉬운 승리, 산으로의 드라이브 등에 대해 쓴 단편 소설들이 떠올랐고, 짧고 순간적인 정사에 대한 유혹적인 생각, 이름도 성도 모르는, 묘령의 여인과의 로맨스에 대한 상상이 그를 에워쌌다.

  구로프는 부드럽게 자기 쪽으로 스피츠를 유인했고, 개가 다가오자 손가락으로 골려 주었다. 스피츠가 짖기 시작했다. 그는 다시 손가락 짓을 했다.

  부인은 흘깃 그 쪽을 돌아보았고, 눈을 내리깔았다.

"이 개는 물지 않아요."

그녀는 얼굴을 붉히며 말했다.

"개에게 뼈를 주어도 괜찮겠습니까?"

그녀가 고개를 끄덕이자 그는 상냥하게 물었다.

"얄타에 오신 지 오래 되셨나요?"

"닷새쯤요."

"저는 벌써 2주째를 보내고 있습니다."

잠시 침묵이 흘렀다.

"시간은 빨리 흐르죠. 그런데 여긴 너무 따분한 곳인 것 같아요."

그녀는 그를 바라보지 않은 채 말했다.

"여기선 모두들 지루하고, 따분하다는 말만 하죠. 벨레프나 지즈드라(중부 러시아의 소도시들. 역주)에 살면서도 지루하지 않았던 사람들이 이 곳에 오면 '아, 지루해! 아휴, 이 먼지!' 마치 그라나다(스페인의 항구 도시. 역주)에서라도 온 것처럼 행세들을 한단 말입니다."

그녀는 유쾌하게 웃었다. 그리고 둘은 침묵한 채 마치 모르는 사람들처럼 식사를 했다. 식사 후, 그들은 나란히 걸으면서 농담섞인 대화를 시작했다. 어디를 가든, 무엇에 대해 이야기하든 아무런 상관이 없는 한가로운 사람들이 주고받는 그런 종류의 내용이었다. 그들은 거닐면서 바다가 매우 아름답다는 말을 했다. 바다는 그렇게 부드럽고 따뜻한 연보랏빛이었고, 수면 위로 한줄기 금빛 달빛이 흐르고 있었다. 그들은 또 뜨거웠던 정오가 지난 지 이미 오래인데도 무덥다는 말을 했다. 구로프는 자신은 모스크바 사람이며, 전공은 인문과학이지만 은행에서 일하고 있고, 언젠가 개인 오페라를 준비했었으나 이제는 그만두었으며 모스크바에 자신의 집이 두 채 있다고 말했다……. 그는 그녀가 뻬쩨르부르그에서 자랐으며, C도시로 시집을 갔고, 지금 그 곳에서 2년째 살고 있으며, 얄타엔 아직 한 달 가량 더 머무를 예정이고 그녀의 남편 역시 몹시 쉬고 싶어해 그녀를 쫓아올지도 모른다는 것들을 알아 내었다. 그녀는 남편이 현청에 근무하고 있는지 현자치회에 근무하고 있는지 어떻게도 설명이 되지 않자 그녀 스스로도 그것을 우스워했다. 그리고 하나 더, 구로프는 그녀의 이름이 안나 세르게예브나라는 것을 알아 내었다.

그 후 그는 호텔로 돌아와 자신의 방에서 내일 아마도 그녀는 자신과 우연히 만나게 될 것이라는 생각을 했다. 꼭 그렇게 될 것이다. 잠자리에 들면서 그는 그녀가 얼마 전만 해도 순진한 여대생이었으며, 그녀의 웃음과 낯선 남자와의 대화 속엔 아직도 그러한 순진함이 여전히 남아 있다는 것을 기억해 냈다. 아마도 그녀는 생천 처음으로 뭇사내들이 뒤를 따라다니고, 주시하고, 엉큼한 목적으로 그녀에게 말을 거는 이러한 상황에 처하게 된 것일 게다. 그는 또 그녀의 가늘고 연약한 목과 아름다운 회색 눈동자를 생각했다.

'아무튼 그녀에겐 어딘지 가련한 구석이 있어.'——그는 이런 생각을 하며 잠들었다.

2

첫만남 후 일주일이 지나갔다. 축제일이었다. 모든 방이 찜통처럼 무더웠고, 거리엔 회오리바람이 먼지를 일으키며 모자들을 날려 버렸다. 온종일 목이 마른 구로프는 노천 카페에 자주 들러 안나 세르게예브나에게 시럽이 든 물이나 아이스크림을 권했다. 아무 데도 갈 곳이 없었다.

저녁에 바람이 조금 잦아들자 그들은 배가 들어오는 것을 보기 위해 방파제로 나갔다. 선착장에는 어슬렁거리는 사람들로 가득했고 누군가를 만날 준비들을 한 것인지, 꽃다발을 들고 있었다. 그런데 그 곳에서도 얄타 사람들 의복의 두 가지 특징이 분명하게 눈에 띄었다. 나이 지긋한 중년 부인들이 아가씨들처럼 젊게 차려 입었고 장군 제복을 입은 사람이 많았다. 풍랑이 심해 해가 넘어간 후에야 배가 들어왔고, 선착장에 배가 닿기 전 방향을 잡느라 많은 시간이 걸렸다. 안나 세르게예브나는 마치 아는 얼굴이라도 찾으려는 듯 손잡이가 달린 안경으로 기선과 승객들을 바라보았고, 구로프를 쳐다보았을 때 그녀의 눈은 반짝였다. 그녀는 많은 이야기를 했지만, 그녀의 질문들은 단속적인 것이라 그녀 스스로도 무엇에 대해 물었는지 잊어버리곤 했다. 그리고는 인파에 밀려 손잡이 달린 안경을 잃어버렸다.

화려한 옷차림의 인파는 흩어졌고 이미 누구의 얼굴도 보이지 않았으며 바람이 완전히 가라앉았다. 구로프와 안나 세르게예브나는 기선에서 누군가 더 나오지 않을까 하고 기다리며 서 있었다. 안나 세르게예브나는 이제 말을 하지도 않았고, 구로프를 바라보지도 않은 채 꽃향기만 맡고 있었다.

"마침내 저녁 무렵에서야 날씨가 좋아졌군요."

구로프가 말했다.

"이제 우리 어디로 가죠? 어디로든 가시지 않겠어요?"

그녀는 아무런 대답도 하지 않았다. 그 때 그는 긴장된 모습으로 그녀를 응시하다가 돌연 그녀를 껴안고 입술에 키스했다. 꽃의 향기와 습기가 그에게로 쏟아졌고, 그와 동시에 그는 누군가 보지 않았을까 당황해하며 사방을 흘깃 둘러보았다.

"당신 방으로 갑시다……."

그는 조용히 말했다.

그리고 그들은 서둘러 자리를 떠났다. 그녀의 방은 후텁지근했고, 그녀가 일본 상점에서 샀던 향수 냄새가 풍겼다. 구로프는 그녀를 바라보며 생각했다. '삶에서 있을 수 없는 만남이란 어떤 것이 있을까?' 그에게는 오래 전부터 간직해 온 여자들에 대한 추억이 있었다. 사랑으로 인해 쾌활해지고, 짧은 순간이나마 행복을 준 데 대해 감사하는 태연하고 착한 여자들, 그리고 이런 여자들도 있었다. 예를 들면, 그의 아내 같은, 진실함 없이 사랑했고, 불필요한 대화를 나누었으며, 히스테리 섞인 행동을 하면서도 마치 이건 사랑이나 열정이 아니라 뭔가 더 의미심장한 것이라는 표정을 짓는 여자들. 그리고 두세 명의 이런 여자들도 있었다. 매우 아름답고 냉정하지만 얼굴에 갑자기 그녀가 삶에서 줄 수 있는 것보다 더 많은 것을 얻고자 하는, 움켜쥐고자 하는 고집스런 열망과 탐욕스런 표정이 순간적으로 반짝이는……. 이런 여자들은 젊은 시절을 이미 보내 버린 변덕스럽고 비난할 수 없는 권력을 가진 똑똑하지 못한 여자들이었는데, 구로프가 그들에 대해 애정이 식었을 때면, 그들의 아름다움은 그의 마음속에서 증오를 불러일으켰으며 그들의 속옷 레이스조차 그에게는 비늘처럼 역겹게 느껴졌다.

그러나 지금 여기선 모든 게 용기 없고, 경험 없는 젊은이처럼 어색하고 부자연스럽게 느껴졌고, 마치 누군가 방문을 두드릴 것만 같은 곤혹스런 느낌뿐이었다. 안나 세르게예브나, 이 '개를 데리고 다니는 여인'은 지금 자신에게 일어난 일이 자신의 삶에 있어 어떤 특별하고 매우 심각한 것을 의미하는 듯한 표정이었다. 그녀는 양쪽으로 긴 머리를 늘어뜨리고 슬프게 고개를 숙이고 우울한 자세로 생각에 잠겼다. 이건 마치 고화(古畵)에 나오는 파계자의 모습과 흡사했다.

"좋지 않아요."

그녀가 침묵을 깨고 입을 열었다.

"당신은 이제 절 존중하지 않는 분이세요."

방의 탁자 위에는 수박이 놓여 있었다. 구로프는 수박을 한 조각 잘라 천천히 먹기 시작했다. 오랜 침묵이 흘렀다.

안나 세르게예브나는 애처로웠고, 그녀로부터 깨끗하고 단정한 아직 세상에 때묻지 않은 순진함이 풍겼다. 탁자 위의 양초가 그녀의 얼굴을 비추고, 그녀가 힘들어하고 있다는 것을 엿볼 수 있었다.

"어떻게 내가 당신을 존중하지 않을 수 있겠소?"

구로프가 말했다.

"당신은 지금 자신이 무슨 말을 하고 있는지 모르고 있소."

"신께서 절 용서하시기를!"

그녀는 눈물 가득한 눈으로 말했다.

"이건 끔찍한 일이에요."

"정확히 당신에겐 죄가 없소."

"어떻게 제게 죄가 없을 수 있나요? 전 저급한 여자예요. 전 제 자신을 경멸하고, 제게 죄가 있다고 생각해요. 전 남편을 배신한 게 아니라 제 자신을 배신한 거예요. 그리고 지금뿐만 아니라 이미 오래 전부터 배신해 왔어요. 제 남편은, 정직하고 좋은 사람일지도 모르죠. 하지만 그는 하인인 걸요! 전 거기서 그가 뭘 하는지, 어떻게 일하고 있는지 몰라요. 하지만 그가 하인처럼 일한다는 건 알아요. 제가 그에게로 시집 갔을 때, 전 스무 살이었죠. 호기심이 절 괴롭혔고, 무엇이든 더 나은 것을 원했어요. 전 제 자신에게 말했어요——그래 여기 다른 삶이 있다. 살고, 살고 싶었어요……. 호기심이 절 태워 버린 거죠……. 당신은 이해하지 못하실 거예요. 하지만 신 앞에 맹세해요. 전 제 자신을 억제할 수 없었어요. 제게 무슨 일이 일어나면 저는 자제력을 잃고 말았죠. 그래서 남편에게 몸이 아프다고 말하고 이리로 와 버린 거예요……. 그리고 이렇게 모든 사람이 경멸해도 족할 그런 저속하고 나쁜 여자가 되어 버렸어요."

구로프는 이미 듣고 있는 것이 지루해졌다. 순진한 음색, 이토록 갑작스럽고 때에 맞지 않는 고백은 그를 떨게 했다. 만약 그녀의 눈에 눈물이 없었다면 그는 그녀가 농담을 하고 있거나, 연극을 하고 있다고 생각했을 것이다.

"난 이해하지 못하겠소."

그가 조용히 말했다.

"그래 당신이 원하는 게 뭐요?"

그녀는 그의 가슴에 얼굴을 묻고 그에게 달라 붙었다.

"믿어 주세요. 절 믿어 주세요. 부탁이에요……."

그녀가 말했다.

"저는 정직하고 깨끗한 삶을 사랑해요. 죄를 짓는 건 끔찍해요. 제가 뭘 하고 있는지 스스로도 모르겠어요. 보통사람들이 말하듯 마귀에 홀렸는지도 모르죠."

"됐어요. 됐어요……."

그가 중얼거렸다.

그는 그녀의 놀라 고정된 눈동자를 바라보았고, 그녀에게 입맞추었으며 조용하고 부드럽게 말했다. 그녀는 조금 진정되어 활기를 되찾았고, 자신으로 돌아갔다. 그들은 둘 다 웃기 시작했다.

그 후 그들이 밖으로 나왔을 때, 해변에는 아무도 없었고, 도시는 삼나무들과 어우러져 생기없는 모습을 하고 있었지만, 바다는 여전히 부르짖으며 해변을 거스르고 있었다. 대형 보트 한 대가 파도 위에서 흔들리고 있었고, 그 안에 희미한 전등불이 졸리운 눈을 깜박이고 있었다. 그들은 마차를 찾아 내 아레안다(얄타에서 멀지 않은 휴양지 이름. 역주)로 향했다.

"난 아래층 현관에서 당신의 성을 알아 냈소. 칠판에 폰 디데리쯔라고 적혀 있더군. 당신의 남편은 독일인이요?"

구로프가 물었다.

"아녜요, 그의 할아버지가 독일인이었던 것 같아요. 제 남편은 러시아 정교 신자인걸요."

아레안다의 교회당 근처 벤치에 앉아 그들은 아래로 바다를 바라보며 침묵했다. 얄타는 아침 안개 사이로 보일 듯 말 듯 했고, 산 정상 주변에는 흰 구름이 걸려 있었다. 나뭇잎들은 작은 떨림조차 없었으나 그 사이에서 매미 울음소리가 들렸다. 아래로부터 들려 오는 단조롭고 낮은 바다 소리는 인간을 기다리는 어떤 안식과 영원한 꿈에 대해 이야기하고 있는 것 같았다. 그것은 얄타나 아레안다가 없었을 때에도 그렇게 이야기하고 있었고, 지금도 그렇게 말하고 있으며, 우리가 사라질 때에도 이렇게 냉정하고 조용하게 이야기할 것이다. 그리고 이 영원함 속에, 우리 모두의 삶과 죽음에 대한 완벽한 냉정함 속에는 어쩌면 우리의 영원한 구원의 징표, 지상에서의 삶의 쉼없는 움직임의 징표, 완성을 향한 부단한 움직임의 징표가 숨겨져 있을지도 모를 일이다. 새벽 어스름 속에서 이토록 아름답고, 평온하고, 매력적인 젊은 여자와 옛날 이야기 같은 풍경 속에 젖어든 구로프는 이런 생각에 잠겼다. '본질적으로 세상의 모든 것은 아름답다. 삶의 목표와 인간으로서의 존엄성 등을 망각한 채 우리가 멋대로 생각하고 행동하는 것 이외의 모든 것은 진정 아름다운 것이다.'

수위로 보이는 사나이가 그들에게로 다가와 흘깃 쳐다보고는 되돌아갔다. 이 모든 사사로운 일들이 지금은 모두 비밀스럽고, 아름답게 느껴졌다. 멀리 아침 노을빛 속에 페오도시아로부터 배가 들어오는 것이 보였다.

"풀잎에 이슬이 맺혔어요."

긴 침묵 후 안나 세르게예브나가 말했다.

"그래요. 호텔로 돌아갈 시간이군요."

그들은 도시로 돌아왔다. 그 후 그들은 매일 정오에 해변에서 만났다. 함께 아침, 점심, 저녁 식사를 했으며, 산책을 했고, 바다를 감상했다. 그녀는 심장이 불안하게 뛰고 잠을 잘 자지 못한다고 불평했고, 항상 질투심에 차 그가 그녀를 존중하지 않는다는 똑같은 질문들을 반복했다. 그리고 항상, 작은 공원이나 정원에서 그들 근처에 사람들이 없을 때면, 그는 그녀를 갑작스레 끌어당겨 정열적으로 키스를 하곤 했다. 대낮에 세심한 주의와 설렘을 안고 하는 짜릿한 입맞춤과 무더위, 바다 냄새 그리고 눈앞에 항상 얼씬거리는 태만하고 화려하게 꾸민 배부른 사람들의 모습은 그를 변하게 만들었다. 그는 안나 세르게예브나에게 당신은 매우 아름답고 매력적인지라 자신은 이미 넋을 잃었으며, 당신에게서 한시도 떨어져 살 수 없다고 말했다. 그러나 그녀는 자주 생각에 잠겨, 그에게 그는 자신을 존중하지도, 사랑하지도 않으며 단지 자신 속에 들어 있는 저속한 여자만을 보고 있음을 인정하라고 조르곤 했다. 거의 매일 저녁 늦게 그들은 어디든 교외나 아레안다나 폭포가 있는 곳으로 향했으며 소풍은 항상 그들에게 아름답고 황홀한 인상을 안겨 주었다.

그들은 그녀의 남편이 오기를 기다렸다. 하지만 그로부터 얼마 후, 안나 세르게에브나는 눈병에 걸린 남편으로부터 빨리 돌아와 줄 것을 간청하는 편지를 받았다. 그녀는 서두르기 시작했다.

"제가 떠난다는 것은 잘 된 일이에요."

그녀가 말했다.

"이게 바로 운명이죠."

그녀가 기차로 떠날 것을 원했기에 그들은 말을 타고 기차역으로 향했다. 하루 종일을 갔다. 그녀는 급행 열차의 찻간에 앉아 두 번째 경적이 울렸을 때 입을 열었다.

"당신을 조금 더 보게 해 주세요……. 한번만 더요. 이렇게."

그녀는 울지 않았지만, 우울해했고, 아파했다. 그녀의 얼굴은 떨리고 있었다.

"당신에 대해 기억하겠어요……, 회상할게요."

그녀는 계속했다.

"신이 당신과 함께하시길. 절 나쁜 기억으로 간직하지 마세요. 우리는 영원히 이별하는 것이니까요. 우리는 만날 수 없었던 사람들이에요……. 다시 만나선 안 돼요. 자, 그럼 신이 당신과 함께하시길 빌게요."

기차는 빨리 떠나 버렸고, 불빛도 사라져 버렸고, 소음도 들리지 않았다. 마치 모두가 이 달콤한 꿈과 얼빠진 짓을 빨리 끝내 버리려고 작당이라도 한 듯. 플랫폼에 혼자 남겨져 어두운 먼 곳을 응시하던 구로프에게는 마부들의 고함 소리와 전신주의 낡고 둔탁한 소리들이 마치 방금 꿈에서 깨어난 것처럼 몽롱하게 들려 왔다. 그리고 그의 삶에서 또 한 번의 여행은, 혹은 모험이었던 그것은 이렇게 또다시 막을 내렸고 추억으로만 남겨졌다고 생각했다……. 그러나 그는 마음이 여려지고, 우울했으며 가벼운 후회 같은 것도 느꼈다. 분명 이제는 다시 만나지 못할 이 여인은 자신과 함께 있을 때 행복하지 않았었다. 그는 그녀를 다정스럽고, 진지하게 대했으나, 어쨌든 그의 태도에는 가벼운 비웃음의 그림자가 있었고, 그녀보다 거의 두 배나 나이가 많은, 젊은 여자와의 행운을 잡은 행복한 남자의 오만함이 있었다. 그러나 항상 그녀는 그를 착하고, 특별하고, 인격이 높은 사람이라고 칭했다. 분명 그는 그녀에게 본래 그대로의 자신으로 비추어진 것이 아니었다. 즉 아무런 양심의 가책 없이 그녀를 속인 것이다…….

역에서는 이미 가을 냄새가 풍겨 왔고, 저녁은 쌀쌀했다.
'이제 내게도 북쪽으로 떠나야 할 때가 되었구나. 벌써 때가 되었어!' 플랫폼을 빠져 나오며 구로프는 생각했다.

211
개를 데리고 다니는 여인

3

　모스크바의 집은 이미 모든 것이 겨울이었다. 아침마다 아이들이 학교 가기 전 차를 마셨으며, 유모는 잠깐이나마 불을 지폈고, 아이들이 집을 나설 때에도 밖은 어두웠다. 벌써 겨울 추위가 시작되었다. 첫눈이 올 때, 썰매를 타고 나가 하얀 땅과 하얀 지붕을 바라보는 것은 얼마나 유쾌한 일인가. 가볍게 숨을 내쉬는 것도 멋들어지고, 또 이 때에는 유년 시절이 회상되어지곤 한다. 서리를 맞아 하얘진 늙은 보리수와 자작나무들의 선량한 표정, 그들은 삼나무나 종려나무보다 더 친근하게 느껴지고, 그들과 가까이 있으면 산이나 바다에 대해서는 생각하고 싶어지지 않는다.
　구로프는 쾌청하고 추운 날씨에 모스크바로 돌아왔다. 털외투와 따뜻한 장갑을 끼고 페뜨로프까 거리를 한 바퀴 돌았을 때, 그리고 토요일 저녁 종소리를 들었을 때, 얼마 전의 여행, 그가 있었던 곳은 그에게 매력을 잃고 잊혀져 갔다. 그는 조금씩, 조금씩 모스크바의 삶에 젖어들어 하루에 세 가지의 신문을 탐욕스럽게 읽으면서도 그는 원래 모스크바 신문들을 읽지 않는다고 말하곤 했고, 레스토랑과 클럽, 식사 초대와 기념일들이 그를 이끌었으며, 그의 집에 유명한 변호사들이나 배우들이 드나드는 것과 박사 클럽에서 교수들과 카드놀이를 하는 것을 그는 자랑스럽게 여겼다. 그리하여 마침내 그는 프라이팬에 담긴 전골요리쯤은 깨끗이 다 먹어치울 수 있는 식욕도 갖게 되었다…….

한 달만 지나면 안나 세르게예브나는 기억 속에 안개로 덮여, 단지 가끔씩 다른 여자들처럼 그 애잔한 미소와 함께 꿈에나 보일 것이라고 그는 생각했다. 그런데 한 달이 지나고, 한겨울이 왔는데도 그의 기억 속엔 모든 게 선명했고, 안나 세르게예브나와 어제 막 헤어진 것만 같았다. 그리고 그녀와의 추억들은 날이 갈수록 더욱 강하게 되살아났다. 저녁의 고요함 속에 그의 서재로 수업 준비를 하는 아이들의 목소리가 들려 올 때나, 레스토랑에서 로망스나 오르간 소리를 들을 때나, 또는 난로 속에서 눈보라 소리가 윙윙거릴 때나 항상 그의 기억 속엔 모든 것이 되살아났다. 방파제에서 있었던 일, 산 위에 걸린 구름과 이른 아침, 페오도시아에서 들어오는 기선, 그리고 짜릿한 입맞춤들……. 그는 오랫동안 방을 왔다갔다했고, 기억을 더듬었으며, 가끔씩 미소 짓기도 했다. 그러자 회상이 공상으로 바뀌어 공상 속의 과거가 미래를 방해했다. 안나 세르게예브나는 꿈에만 보이는 것이 아니라, 그가 어딜 가든 항상 그림자처럼 따라다녔다. 그가 눈을 감으면 그는 실제로 보는 듯 그녀를 보았고, 그녀는 전보다 더 아름답고, 젊고, 부드러워 보였다. 그녀는 매일 저녁 책장에서, 벽난로에서, 방 구석에서 그를 바라보았고, 그는 그녀의 부드러운 숨결과 그녀의 옷이 사각거리는 소리를 들었다. 거리에서 그는 눈으로 여자들을 쫓으며 찾아보았지만 그녀를 닮은 여자조차 찾을 수가 없었다.

그리고 이제는 자신의 추억을 누군가와 나누고 싶다는 욕망이 그를 괴롭혔다. 하지만 집에서는 자신의 사랑에 대해서 이야기한다는 것이 불가능했고, 집 밖에서도——아무도 없었다. 이웃들과도 안 되는 말이었고, 은행에서는 더더욱 그랬다. 그리고 무엇에 대해 이야기할 것인가? 과연 그는 그때 사랑을 했던가? 과연 안나 세르게예브나와의 관계에서 무엇이라도 아름답고 시적이거나, 교훈적이거나, 그도 아니면 재미있는 이야깃거리라도 있었던가? 그래서 그저 불분명하게 사랑에 대해, 여자들에 대해 이야기하게 되었고, 그 누구도 무슨 일인지 짐작하지 못했으며 그저 아내는 자신의 검은 눈썹을 움직이며 말했다.

"지미뜨리. 당신에겐 멋쟁이 역할이 전혀 어울리지 않아요."

언젠가 그는 그의 동료인 관리와 함께 박사 클럽에서 나오면서 자제력을 잃고 말했다.

"자네는 내가 얄타에서 얼마나 매력적인 여자와 사귀었는지 모를 거야!"

관리는 썰매에 앉아 출발하려던 손을 멈추고 소리쳤다.

"드미뜨리 드미뜨리예비치!"

"왜 그러나?"

"그런데, 최근에 자네가 한 말이 옳았네. 썩은 냄새나는 철갑상어 고기 말이야!"

그토록 평범한 이 말들은 왠지 갑자기 구로프를 괴롭혔고, 저질스럽고 불결하게 느껴졌다. 이런 야만적인 도덕성이라니, 이런 인간들이라니! 이런 멍청한 밤들과 이렇게 지루한 날들이라니! 미친 듯한 카드놀이, 과식, 폭음, 매일같이 반복되는 대화 이런 것들은 가장 좋은 시간과 가장 좋은 힘들을 빼앗아 가 버리고 마침내는 제한되고, 창조력 없는 삶과 중독 상태에 빠져 정신병원이나 수인(囚人) 부대에 앉아 있게 될 것이다!

구로프는 밤새도록 잠을 이루지 못했고, 괴로워했으며 하루 종일 두통에 시달렸다. 그리고 그 다음 날 밤에도 잠들지 못했으며, 침대에 앉아 있거나 이쪽저쪽 구석을 왔다갔다했다. 그에게는 아이들이 지겨워졌고, 은행도 지겨워졌으며, 아무 데도 가고 싶지 않았고, 무엇에 대해서도 말하고 싶지 않았다.

12월의 어느 휴일 날, 그는 여행 준비를 하며 아내에게는 어떤 젊은이를 도와 주기 위해 뻬쩨르부르그로 떠난다고 말하고는 C도시로 떠났다. 왜? 그 자신도 알 수 없는 물음이었다. 단지 그는 가능하다면 안나 세르게예브나를 만나고 싶었고, 이야기를 나누고 싶었다.

C도시로 온 그는 아침에 호텔에서 가장 좋은 방에 투숙했다. 바닥은 온통 회색 군용 양복지로 깔려 있었고, 탁자 위에는 모자를 든 손을 높이 쳐든 머리가 파손된 기마상과 함께 먼지로 회색이 된 잉크병이 놓여 있었다. 수위가 그에게 필

요한 정보를 제공했다. 폰 디데리쯔는 스따로——곤차르나야 거리에 있는 저택에 살고 있으며, 이 집은 호텔에서 멀지 않다는 것과 그는 매우 부자로 자신의 말들을 소유하고 있으며 도시의 모든 사람들이 그를 안다고 했다. 수위는 이렇게 그의 이름을 발음했다. '드리디리쯔'.

구로프는 천천히 스따로——곤차르나야 거리로 가서 집을 찾았다. 바로 집 반대편에 회색의 긴 울타리가 늘어져 있었다.

'이런 울타리를 넘어서 도망을 친다.' 구로프는 창문과 울타리를 바라보며 생각했다. 그는 상상하기 시작했다. 오늘은 쉬는 날이므로 남편은 분명 집에 있을 것이다. 집으로 들어가 그녀를 당황하게 만드는 것은 멍청한 짓이다. 만약 메모를 보낸다면, 그러나 만일의 경우 메모가 남편의 수중으로 들어간다면 그 땐 모든 일을 망쳐 버리고 말 것이다. 그렇다면 가장 좋은 방법은 우연을 기다리는 것이다. 그래서 그는 내내 길을 오가며 울타리 옆에서 이 우연을 기다렸다. 그는, 문으로 거지가 들어가고, 거지에게 개들이 덤벼드는 것을 보았고, 한 시간쯤 지나 피아노 소리를 들었다. 이 소리는 약하고 불분명하게 들렸다. 분명 안나 세르게예브나가 연주하는 것일 것이다. 갑자기 현관문이 열리면서 어떤 노파가 나왔고, 그녀 뒤로 눈에 익은 하얀 스피츠가 뛰어나왔다. 구로프는 개를 부르고 싶었지만 갑자기 심장이 요동치기 시작했고, 그로 인해 개의 이름을 기억해 낼 수가 없었다.

그는 다시 걸어다니기 시작했고, 점점 회색 울타리를 증오하기 시작했으며, 흥분 속에서 안나 세르게예브나는 이미 자신을 잊었고, 벌써 다른 사람과의 새로운 만남을 시작했을지 모를 일이며, 이것은 아침부터 저녁까지 이 저주받을 담장을 바라보아야만 하는 젊은 여자에게는 지극히 당연한 일이라고 그는 생각했다. 그는 자신의 방으로 돌아와 무엇을 해야 할지 모른 채 소파 위에 멍하니 앉아 있었다. 그리곤 식사를 했고, 그리곤 오랫동안 잠을 잤다.

'이 모두가 얼마나 멍청하고 위험한 짓인가.' 잠에서 깬 그는 어두운 창문을 바라보며 생각했다. 벌써 저녁이었다.

'오랜만에 깊은 잠을 잤구나. 그런데 밤엔 도대체 무얼 해야 할까?'

그는 병원 시트로 쓰이는 값싼 회색 이불로 덮인 침대에 앉아 화가 나 자신을 괴롭혔다.

'그래, 그 개를 데리고 다니는 여인……. 그래, 내게 모험이었지……. 이렇게 여기 앉아서 기다려라.'

언뜻, 그는 아침에 큰 글씨로 쓰여진 게시판의 광고를 본 것을 기억했다. '게이샤'라는 연극이 초연된다는. 그는 극장으로 향했다.

'그녀가 첫 상연 때 연극을 보러 올 가능성은 매우 높다.' 그는 생각했다.

극장 안은 이미 초만원을 이루고 있었다. 보통 지방 극장들에서 흔히 볼 수 있듯이 샹들리에보다 높게 담배 연기가 안개를 이루었고, 아래층 좌석은 소음으로 뒤끓고 있었다. 첫 줄에는 지방의 멋쟁이들이 뒷짐을 진 채 서 있었고, 거기 현지사의 자리에는 첫 좌석에 지사의 딸이 목에 모피를 두른 채 앉아 있었고, 지사 자신은 커튼 뒤로 점잖게 숨어 있어 단지 그의 손만이 보일 뿐이었다. 막이 흔들리고 오케스트라가 오랫동안 조율을 했다. 군중들이 들어와 자리를 잡는 동안에도 구로프는 탐욕스런 눈으로 그녀를 찾았다.

그리고 안나 세르게예브나가 들어왔다. 구로프의 심장은 요동치기 시작했고, 그는 지금 이 순간 세상에서 그녀보다 더 소중한 사람은 없다는 것을 분명히 깨달았다. 그녀는 셋째 줄에 앉았다. 지방 군중 속에 묻혀 있는 그녀, 손에 조잡한 오페라 글라스를 든 지극히 평범하기만 한 이 작은 여인이 그의 삶의 유일한 기쁨이요, 고통이요, 행복이었다. 수준 낮은 오케스트라, 지극히 평범한 바이올린 소리를 들으며 그는 그녀가 얼마나 아름다운가에 대해 생각했다.

안나 세르게예브나 옆에는 볼수염이 있고, 키가 아주 크고 새우등을 한 젊은이가 앉아 있었다. 들어올 때의 그의 모습은 한 걸음 한 걸음을 옮길 때마다 마치 누군가에게 계속 인사를 하는 것처럼 보였다. 분명 그는 그 때 얄타에서 그녀가 괴로운 감정을 폭발시키며 하인이라고 표현했던 그녀의 남편일 것이다. 그리고 정말 그의 긴 몸이나, 볼수염 그리고 얼굴 표정에는 하인 같은 수줍음이 있었고, 그는 계속 들큰하게 미소 지었다. 그의 단춧구멍에는 정확히 소인배 근성으로 빛나는 어떤 학자 뺏지가 반짝이고 있었다.

 첫 휴식 시간에 그녀의 남편은 담배를 피우기 위해 나갔고, 그녀는 자리에 남아 있었다. 그 역시 같은 아래층 좌석에 앉아 있던 구로프는 그녀에게 다가가 떨리는 목소리로 말하고 간신히 미소 지었다.

 "안녕하세요."

 그를 바라보는 그녀의 얼굴은 창백하게 굳어졌다. 그리곤 믿지 못하겠다는 듯 공포에 질린 표정으로 다시 한 번 그를 쳐다보았다. 그리곤 손에 들려 있던 부채와 오페라 글라스를 꽉 움켜쥐었다. 정신을 잃지 않기 위해 노력하는 표정이 역력했다. 무거운 침묵이 그들을 짓눌렀다. 그녀는 앉아 있었고, 그녀의 당황함에 놀란 그는 옆에 앉을 것인지, 어떻게 할 것인지를 결정하지 못한 채 엉거주춤 서 있었다. 조율을 끝낸 바이올린과 플루트가 연주가 시작되자 갑자기 두려움이 엄습해 왔고, 모든 사람들이 그들을 응시하고 있는 것처럼 느껴졌다. 그 때, 그녀는 벌떡 일어나 급히 입구 쪽으로 향했고, 그도 그녀의 뒤를 따랐다. 그들은 묵묵히 복도를 따라, 계단을 따라 걸었다. 그들 눈앞으로 계단을 오르내리는 법관의, 교사의, 공후의 제복을 입은 사람들이 저마다의 뺏지를 달고 어른거렸고 그들의 부인네들이 오갔다. 뛰는 가슴을 안고 구로프는 생각했다. '오, 하느님! 도대체 무엇 때문에 이 많은 사람들과 오케스트라가……'

 그리고 바로 그 순간 그는, 그들이 헤어지던 그 날 저녁 안나 세르게예브나가 자신에게 이제 모든 것은 끝났고, 그리고 다시는 만나지 못할 것이라 말했던 것을 회상했다. 그러나 아직 끝남의 순간까지는 얼마나 많은 시간이 남았는가!

'반원형식 관람석 입구'라고 쓰여진 좁고 어두운 계단에서 그녀는 멈춰 섰다.

"당신이 절 얼마나 놀라게 하셨는지 아세요?"

아직도 창백한 표정으로 그녀는 힘겹게 숨을 내쉬곤 말했다.

"오, 당신은 정말 절 놀라게 하셨어요. 전 지금 겨우 숨을 쉬고 있어요. 당신, 여기 왜 오셨나요? 왜요?"

"이해해 줘요. 안나, 이해해 주구려······."

그는 작은 목소리로 서두르며 반복했다.

"제발 부탁이오. 이해해 줘요······."

그녀는 공포와 애원과 사랑이 가득한 눈으로 그를 바라보았다. 그녀는 추억 속의 그의 모습을 더듬으려는 듯 그를 뚫어져라 응시했다.

"전 정말 괴로워요."

그녀는 그의 말을 듣지 않은 채 중얼거렸다.

"전 항상 당신에 대해서만 생각했어요. 전 당신에 대한 생각으로 살아요. 그리고 당신을 잊고, 잊어버리고 싶었는데······. 그런데, 왜, 왜, 이 곳으로 오신 거예요!"

위층의 작은 홀에서 두 명의 고등 학생이 담배를 피우며 그들을 내려다보고 있었으나 구로프는 그들을 개의치 않았다. 그는 자기에게로 안나 세르게예브나를 끌어당겨 얼굴, 볼, 그리고 손에 입맞추었다.

"뭐 하시는 거예요. 지금 당신 뭐 하시는 거예요!"

그녀는 그를 밀쳐 내며 공포에 찬 눈으로 말했다.

"저희는 지금 분별력을 잃고 있어요. 오늘 당장 떠나세요. 지금 떠나세요……. 이 세상의 모든 성스러운 이름으로 간청할게요……. 이 쪽으로 사람들이 와요!"

계단을 따라 누군가 다가오고 있었다.

"당신은 꼭 떠나셔야만 해요……."

안나 세르게예브나는 빠르게 속삭였다.

"듣고 계세요, 드미뜨리 드미뜨리예비치? 제가 당신에게로, 모스크바로 갈게요. 전 지금껏 한 번도 행복했던 적이 없어요. 지금도 행복하지 않구요. 그리고 결코 행복하지 못할 거예요. 절대로요! 절 더 이상 괴롭게 하지 마세요! 맹세해요. 제가 모스크바로 갈게요. 그리고 지금은 이렇게, 그냥 이렇게 헤어져요. 오, 내 사랑, 소중한 분. 우리 지금 헤어져요!"

그녀는 그의 손을 잡았고, 계속 그를 바라보며 계단을 내려가기 시작했다. 그녀의 눈을 통해 그녀는 지금 진정 행복하지 않다는 것을 알 수 있었다……. 구로프는 잠시 멈춰 서서 모든 소음에 촉각을 곤두세웠다. 그리고 모든 것이 조용해졌을 때, 자신의 옷을 찾아 극장을 빠져 나왔다.

4

그리하여 안나 세르게예브나가 모스크바로 왔다. 두 달에 한 번씩 그녀는 C도시를 떠났다. 그 때마다 그녀는 남편에게 자신의 부인병에 대해 의사와 상의하러 간다고 말했고 남편은 반신반의했다. 모스크바로 와 그녀는 슬라뱐스끼 바자르(모스크바의 유명한 호텔. 역주)에 항상 숙소를 정하고 속달을 보냈다. 구로프는 즉시 그녀에게로 왔고, 누구도 그들의 이러한 밀회에 대해 알지 못했다.

어느 겨울날 아침 그는 이렇게 그녀에게로 향하고 있었다(속달은 전날 도착했으나 그 때 그는 집에 없었다). 함박눈이 내리는 거리를 그는 학교 가는 딸과 동행하고 있었다. 마침 그는 언제부턴가 딸아이를 한번쯤 배웅해 주고 싶어했었다.

"오늘 아침은 영상 3도인데도 눈이 내리는구나. 왠지 아니?" 그가 말했다.

"왜냐하면 지표상의 기온은 따뜻하지만 대기의 온도는 그것보다 훨씬 낮기 때문이란다."

"아빠, 그런데 왜 겨울엔 천둥이 치지 않죠?"

그는 그것도 설명해 주었다. 그리고 한편으로는 이런 생각을 하고 있었다. 지금 자신이 향하고 있는 이 밀회의 길을 아는 사람은 아무도 없으며 아마 언제까지나 누구도 알지 못하리라……

그에게는 두 가지의 삶이 있었다. 하나는 누구나가 다 아는 공식적인 생활, 즉 그의 지기들이나 동료들이 알고 있는 그리고 그들과 별반 다를 바 없는, 그리하여 조건부의 진실과 조건부의 거짓으로 이루어지는 일상, 그렇지만 다른 하나는 비밀스럽게 자기만의 시간으로 흘러갔다. 어쩌면 우연일 수도 있었던 이 세계로 인해 그는 삶의 진실, 그리고 그것의 진정한 재미와 중요성을 깨달을 수 있었고, 이제 이 세계는 그에게 있어 필수적인 것이 되었다. 그는 이 세계에서 진실할 수 있었고, 성숙한 삶을 영위할 수 있게 되었다. 그러나 그가 자신의 진실을 숨기며 행하는, 이를테면 은행 근무라든가, 부부 동반의 연회 참석이라든가 하는 일들은 모두 공식적인 삶에 포함되는 것이었다. 그리하여 그는 다른 사람을 평가하는 데 있어 자신의 이러한 양면적인 삶을 기준으로 바라보게 되었다. 그는 모든 사람들의 겉으로 드러난 일상을 믿지 않았으며 누구나 자신의 일상 뒤에는 가장 흥미로운 생활이 숨겨져 있다고 생각하게 되었다. 그는 또한 아마도 이러한 양면적인 일상의 이유로 교양인들은 누구나 개인의 사생활을 보장하라고 주장하는 것일 것이라고 믿게 되었다.

딸을 학교까지 배웅해 주고 구로프는 슬라뱐스끼 바자르로 향했다. 그는 아래층에서 외투를 벗고, 위층으로 올라가 조용히 문을 노크했다. 안나 세르게예브나는 여행의 피로와 기다림에 지쳐 있었다. 그녀는 구로프가 좋아하는 회색 원피스를 입고 있었다. 그녀는 창백했고, 그를 보고도 미소 짓지 않왔다. 그가 막 방 안으로 들어서자마자 그녀는 그의 품으로 달려들었다. 마치 오랫동안 떨어져 있었던 연인들처럼 그들의 입맞춤은 길고 길었다.

"그래, 그 동안 어찌 지냈소?"

그는 그녀의 어깨를 감싸쥐고 물었다.

"별일없었소?"

"기다리세요. 지금 말씀드릴게요……잠깐만요."

그녀는 복받쳐 오르는 울음에 말을 잇지 못했다. 그를 등지고 그녀는 손수건으로 눈물을 닦았다.

'그래, 실컷 우는 것도 나쁠 건 없지.' 그는 이렇게 생각하고 소파에 앉았다.

얼마 후 그는 차를 주문했다. 그가 차를 마시고 있을 때, 그녀는 창문가에 서서 창밖을 응시하고 있었다……. 그녀는 흥분과 그들의 삶이 이렇게 슬프게 얽혀 있다는 가슴시린 자각으로 울었다. 그들은 남몰래 만났고, 마치 도둑처럼 남들을 피해 다녔다. 과연 그들 삶의 옳고 그름을 누가 단언할 수 있단 말인가!

"자, 이제 그만 해요."

그들에게는 그들의 사랑이 언제, 그리고 어떻게 막을 내리게 되는지 예감할 수 없는 것이었다. 안나 세르게예브나의 사랑은 날이 갈수록 더욱 더해만 가고 있었기에 그가 여기서 이 밀회를 끝내야 한다고 여기서 종말을 고하고자 말한다는 것은 불가능한 일이었다. 설사 그렇게 말한다 해도 그녀는 믿으려 들지 않을 것이다.

  구로프는 그녀에게 다가가 어깨에 손을 얹었다. 그리고 그녀를 달래기 위해 농담을 하려는 순간, 그는 거울 속 자신의 얼굴을 보았다.

  그의 머리칼엔 벌써 흰머리가 서려 있었다. 그는 자신의 늙어 버린 얼굴과 초라한 모습을 보았다. 그녀의 어깨는 따뜻했고, 흥분에 떨고 있었다. 그는 문득 그녀가 측은하게 여겨졌다. 이렇게 아름답고, 매력적인 그녀 또한 이제 곧 퇴색하고 시들어 갈 것이라는 생각이 들자 더없는 연민의 정이 느껴졌다.

  무엇 때문에 그녀는 그를 이토록 사랑하는 것일까? 그는 언제나 여자들의 눈에 자신의 실체로 비쳐지지 않았다. 그들은 그를 사랑한 것이 아니라, 그들의 상상 속에서 만들어졌거나, 그들이 탐욕스레 찾아다녔던 사람을 사랑했다. 그리고 그것이 환상이었음을 깨달은 후에도 여전히 사랑해 주었다. 그들 중 그 누구도 그와 함께 행복하지 못했다. 시간이 흘렀고, 그는 여자들을 만났고, 헤어졌고, 그리고 다시 만났지만 한 번도 사랑한 적은 없었다. 그러한 만남을 무엇이라고 표현할 수는 있겠지만 사랑은 아니었다. 그러던 그가, 이제 지금에서야, 백발이 비치기 시작한 지금에서야 그의 인생에서 처음으로 사랑을 시작하게 된 것이다.

  안나 세르게예브나와 그는 서로서로 가족처럼, 부부처럼, 그리고 부드러운 친구처럼 사랑했다. 마치 그들에게는 그들의 만남이 예정된 것처럼 느껴졌다. 그러나 무엇 때문에 그에게 이미 아내가 있고, 그녀 또한 남편이 있는지 이해할 수 없었다. 그리고 그들의 아내와 남편과의 생활은 마치 철창 속에 갇힌 새의 삶처럼 여겨졌다. 그들은 서로서로 자신들의 과거의 부끄러운 일들을 용서했고, 현재의 모든 일들도 용서했으며, 그들의 이러한 사랑이 그들의 삶을 한층 성숙하게 했음을 깨달았다.

예전의 경우, 구로프는 우울한 순간이 오면 항상 머릿속에서 일어나는 이성으로 자신을 위로하곤 했지만, 그러나 지금은 깊은 연민을 느끼고 있었고, 진실되고, 부드러워지고 싶었다.

"이제 그만, 그만 해요. 내 사랑."

그는 부드럽게 말했다.

"그럼 지금……, 우리 무엇이든 얘기하며 생각해 봐요."

그들은 오랫동안 진지하게 얘기했다. 진정 어떤 방법으로 다른 사람들을 속이고, 다른 사람들을 피해 다니고, 서로 떨어져 살아야만 하는 자신들의 이러한 난관으로부터 탈출할 수 있을까에 대해 서로서로에게 충고하고 이야기했다.

"어떻게? 도대체 어떻게?"

그는 자신의 머리를 움켜쥐고 중얼거렸다.

"도대체 어떻게?"

그리곤 머지 않아 해결의 실마리를 찾아 낼 것이고, 그렇게 된다면 진정 새롭고 아름다운 삶을 시작할 것이라고 그들은 생각했다. 그리고 둘에게는 그들의 길이 아직 끝에 도달하기엔 아득히 멀게만 느껴졌으며, 가장 복잡하고 어려운 길을 이제 막 접어들었을 뿐이라는 것을 분명히 알고 있었다.

역자후기

　안똔 체호프라는 이름을 떠올릴 때 가장 먼저 떠오르는 단어는 역시 단편소설의 거장이라는 말일 것이다. 그는 러시아 문학사에서 문학적 장르로 자리잡지 못하고 있던 단편소설을 문학 장르로 정착시킨 주역으로서 그가 점하는 문학사적 위치는 중요하다.

　체호프는 상인의 아들로 태어나, 부친의 파산으로 젊은 시절부터 신문, 잡지에 글을 투고하여 가족의 생계를 이끈다. 그러던 1886년 단편집 『다채로운 이야기』의 출간으로 대중적 인기를 얻게 되고, 더불어 당시 문단에 상당한 영향력을 행사하던 편집인 수보린이 그의 가능성을 예견, 일간지 『신시대』에 체호프를 위한 문학 증보면을 신설하게 된다. 여기에 유머와 서정성이 훌륭하게 융합된, 의인화된 집 잃은 개의 이야기를 그린 「누렁이」가 수록된다. 이후 체호프의 창작 세계는 중단편과 희곡을 병행하며 성숙

되어 간다. 먼저 그의 희곡은 「이바노프」의 상연을 시작으로 「갈매기」, 그리고 러시아 리얼리즘 연극의 모태인 스따니슬라프스끼 배역들을 직접 겨냥한 「바냐 외숙」, 「세자매」, 「벗나무 동산」을 창조한다. 이 작품들은 모두 상연되었고, 체호프의 대중적 인기는 절정에 달한다.

또한 그의 단편과 중편의 세계는 「지루한 이야기」(1889)에서 성숙기를 맞는다. 이후 「변덕쟁이」(1892), 「아리아드나」(1895), 「다락방이 있는 집」(1896), 「개를 데리고 다니는 여인」(1899) 등에서 자신의 창작 세계의 핵심인 인간 상호간의 이해의 문제를 훌륭하게 묘사하고 있다.

체호프의 일생 동안 그의 창작 세계에 등장하는 인물들은 무려 8천여 명에 달한다. 그는 다양한 계층의, 다양한 사람들의 심리를 탐구했다. 이러한 심리학적 인간 탐구는 그의 자연과학 특히 의학에 대한 열정에서 비롯된다고 볼 수 있으며 또한 문체의 정교함, 논리성, 인간의 심리를 파헤치는 통찰력 등은 바로 의학에서의 교양에서 비롯된다고 볼 수 있다. 결국 체호프의 모든 창작들은 그의 창작 세계의 핵심 사상인 인간 상호간의 이해 문제에 주목한다. 그러나 아이러니컬하게도 체호프의 등장 인물들은 개인적인 개성이 약하다. 그는 똘스또이나 등장 인물들의 개성이 강하게 두드러지는 도스또예프스끼의 그것과는 다르다. 결국 체호프는 일반적인 인간을 탐구하는 작가였던 것이다. 그러므로 체호프의 작품은 누구나 쉽게 공감할 수 있는 공감대가 기본적으로 전제되어 있는 것이다.

체호프의 그 많은 중단편들 속에서 작품을 선별하기란 그리 쉬운 일이 아니었다. 동시대 3인의 중단편선을 기획하면서 역자는 체호프의 작품 중 사랑이라는 주제 속에 국내 독자들의 서정적 분위기에 맞는 작품을 위주로 선별했다.

  '문학의 위기', '문학의 죽음'이라는 말이 난무하는 세기말적 분위기 속에, 포스트모던이라는 문학의 허랑한 시대에, 고전작품인, 그것도 러시아 고전 작품을 번역하게 된 데에는 몇 가지 이유가 있다.

  첫째, 90년대초 국내에서는 포스트모더니즘이라는 환상적인 괴물이 장안을 풍미했다. 그 속에 포스트모더니즘은 무엇인가라는 기본적인 해답도 우리는 알아 내지 못했다. 그리고 얼마간의 시간이 흘러 몇몇 문예학자들은 포스트모더니즘이라는 용어를 후기구조주의로 해석할 것을 종용했다. 그러나 모더니즘에 대한 지식이 빈약했던 우리는 구조주의부터 다시 시작해야 했다. 그러나 구조주의 역시 러시아 형식주의를 알지 못하고는 이해할 수 없었다. 결국 우리는 근본을 외면한 채 외국 문학과 문예학을 접했던 것이다.

  둘째, 러시아 문학 작품이 미국이나 일본을 거쳐 국내에 소개되면서 우리는 그들의 취향에 맞는 작품들을 좋든 싫든 읽어야 했다. 물론 여기엔 정치적 장벽이 커다란 원인을 제공했지만——우리에겐 러시아 문학 작품 하면 떠오르는 것이 지루한 장편이나 사회주의 리얼리즘과의 연관성이었던 것이다. 여기에서 러시아 문학과 현대의 국내 독자들과의 거리감이 생겨났다고 볼 수 있다.

  역자는 러시아 문학의 번역의 길에 걸음마를 시작하면서, 그리고 모스크바에서 러시아 인들과 부대끼면서 어느덧 정을 느껴 간다. 우리와 비슷한 러시아 인들의 정서, 서정성, 그들의 문학에 대한 열정과 자부심……, 무엇보다 문학은 공감대 형성이 중요하다고 본다. 작가와 독자, 등장 인물과 독자──따라서 역자는 무엇보다 먼저 러시아 문학의 기본적인 텍스트들을 번역, 서정적 취향의 국내 독자들과의 공감대 형성에 미력하나마 주력하고자 한다.

끝으로 작품 선정과 번역에 도움을 주신 문학 선생님들께 특히, 라리사 알렉산드로브나 선생님께 감사함을 전하며, 밤늦은 시간 불시의 질문으로 단잠을 깨우곤 했던 나의 첫 노어 선생님, 그러나 이제는 선생님에서 친구가 되어 버린 류바에게 고마움을 전한다. 그리고 이 책을 읽고 있을 당신에게도…….

96. 1. 모스크바에서 류필하

안똔 빠블로비치 체호프 연보

1860   러시아 남부 따간로그에서 상인의 3남으로 출생.
1868   따간로그의 김나지움에서 공부함(형제들 중 유일하게 안똔만이 김나지움에 입학).
1876   부친의 파산으로 안똔을 제외한 전 가족이 모스크바로 떠남.
1879   희곡「고아」를 씀.
       모스크바에서 가족과 합류, 모스크바 대학 의과대에 입학.
1880   뻬쩨르부르그의 희극잡지『뻬쩨르부르그 신문』,『잠자리』,『자명종』그리고 잡지『관객』,『모스크바』에 필명 안또샤 체혼쩨로 글을 기고함.
1882   뻬쩨르부르그 잡지『파편들』에「관리의 죽음」,「뚱뚱이와 홀쭉이」,「외과」,「카멜레온」,「아뉴따」등을 기고함.
1884   모스크바 대학 의대 졸업 후, 모스크바 근교에 의사로 근무. 단편집『멜빠메나 이야기』출간.
1885   뻬쩨르부르그에서 당시 문단에 영향력 있는 편집인 수보린과 그리고로비치를 만남.
1886   단편집『다채로운 이야기들』출간. 뻬쩨르부르그 신문『신세대』에「마법사」,「좋은 사람들」,「누렁이」,「결투」,「공작부인」등을 기고함.
1887   단편집『해질녘』,『악의 없는 이야기들』출간.

1888　『단편집』출간.
　　　뻬쩨르부르그 잡지『북방통보』에「지루한 이야기」,「초원」,「아내」그리고 희곡「이바노프」등을 기고함.「이바노프」가 알렉산드로프스끼 극장에서 공연됨.
1890　단편집『음산한 사람들』출간. 죄수들과 유형자들의 생활을 관찰하기 위해 사할린으로 떠남.
1891-1894, 1897-1899, 1900-1901년 여러 번에 걸쳐 프랑스, 이탈리아, 오스트리아 등을 방문.
1892　단편「검은 옷을 입은 수사」,「속물」그리고 희곡「갈매기」를 씀. 모스크바의 자유주의적 경향의 잡지인『러시아 사상』에「6병동」,「무명인의 이야기」등과 사할린 방문의 산실인「사할린 섬」1장이 실림.
　　　모스크바 근교에 정착. 창작 생활과 더불어 의사 봉사 활동을 비롯한 적극적인 사회 활동을 함. 이곳의 사회 활동을 반영한 작품「3년」,「농부들」,「나의 인생」,「다락방이 있는 집」등이 이 시기에 쓰여짐.
1895　「사할린 섬」출간.「갈매기」가 알렉산드로프스끼 극장에서 초연됨.
1896　희곡「바냐 외숙」,「세 자매」,「벗나무 동산」출간.
1898　얄타와 크림에서 삶. 여기서 똘스또이, 고리끼, 부닌, 꾸쁘린 등과 자주 만남.
　　　잡지『러시아 사상』에「속물」,「사랑에 대하여」,「개를 데리고 다니는 여인」등이 실림.
1901　여배우 올가 끄니뻬르와 결혼.
1903　『뻬쩨르부르그』잡지에 최후의 단편「신부」가 실림.

1904　얄바덴베이레르에서 생을 마침. 모스크바 노보제비치 사원에 안장됨.

베스트셀러 한국문학선

1. **무정** / 이광수
2. **배따라기** / 김동인
3. **표본실의 청개구리** / 염상섭
4. **사랑손님과 어머니** / 주요섭
5. **운수좋은 날** / 현진건
6. **물레방아** / 나도향
7. **화수분** / 전영택
8. **상록수** / 심훈
9. **메밀꽃 필 무렵** / 이효석
10. **동백꽃** / 김유정
11. **태평천하** / 채만식
12. **탈출기 (외)** / 최서해 외
13. **날개 (외)** / 이상 외
14. **무녀도** / 김동리
15. **소나기 (외)** / 황순원 외
16. **흙(상)** / 이광수
17. **흙(하)** / 이광수
18. **무영탑(상)** / 현진건
19. **무영탑(하)** / 현진건
20. **탁류(상)** / 채만식
21. **탁류(하)** / 채만식
22. **환희** / 나도향
23. **인간문제** / 강경애
24. **사랑(상)** / 이광수
25. **사랑(하)** / 이광수
26. **삼대(상)** / 염상섭
27. **삼대(하)** / 염상섭
28. **진달래꽃** / 김소월
29. **하늘과 바람과 별과 시** / 윤동주
30. **님의 침묵** / 한용운